KB067452

별 하나, 별 둘
그리고 별 다섯

별 하나, 별 둘 그리고 별 다섯
한마루 문학동인회 '젊은 꿈 이야기' 제5집

초판 인쇄 2017년 11월 10일
초판 발행 2017년 11월 15일

지은이 김아영 외
펴낸이 신현운
펴낸곳 연인M&B
기 획 여인화
디자인 이희정
마케팅 박한동
홍 보 정연순
등 록 2000년 3월 7일 제2-3037호
주 소 05052 서울특별시 광진구 자양로 56(자양동 680-25) 2층
전 화 (02)455-3987 팩스 (02)3437-5975
홈주소 www.yeoninmb.co.kr
이메일 yeonin7@hanmail.net

값 11,000원

ⓒ 한마루 문학동인회 2017 Printed in Korea

ISBN 978-89-6253-203-6 03810

별 하나, 별 둘
그리고 별 다섯

한마루 문학동인회 '젊은 꿈 이야기' 제5집

연인M&B

어느덧 한마루 문학동인회 〈젊은 꿈 이야기〉 다섯 번째 동인지를 엮게 되었습니다. 비록 아직은 어리고 많이 부족하지만, 오직 꿈을 향한 열정으로 젊은 작가들이 모여 소중한 다섯 번째 열매를 맺었습니다. 소중한 사람들과 함께 꾸준히 작품 활동을 할 수 있다는 것에 감사함을 느끼며 앞으로 더욱더 견고한 마음으로 정진해야겠다는 다짐을 또 한 번 합니다.

한마루 문학동인회를 이끌어 주시는 박종숙 선생님을 비롯해 동인지가 나오기까지 애써 주신 연인M&B의 신현운 시인님께 감사의 말씀을 드립니다. 아울러 언제나 변함없이 열정을 담아 글을 쓰는 한마루 동인 여러분들에게도 감사드립니다.

한마루 문학동인회가 시작된 지 어느덧 십여 년이 훌쩍 넘었습니다. 앞으로도 지금처럼 변함없이 이 자리에서, 문단을 빛내는 작은 별이 되기 위해 노력하겠습니다. 한마루 문학동인들에게 많은 관심과 사랑 부탁드리며 우리의 글들이 독자 여러분들의 마음에 아름다운 단풍으로 물들길 바랍니다. 감사합니다.

2017년 가을
한마루 문학동인회 회장 김아영

시

소설

시

김아영

서울 출생으로 서울과학기술대학교 문예창작학과를 졸업하였다. 2006년 『문예한국』과 『문학시대』에 시를 발표하면서 작품 활동을 시작하여, 시집 『하루치의 희망과 사랑』이 있다. '문학시대', '한마루' 동인으로 활동 중이다.

시인의 말

순간의 소중함을 잊지 않으려 애씁니다.
글을 쓸 수 있다는 것은 제 삶에 큰 활력이 되고 많은 변화를 일으킵니다.
다시 한 번 감사합니다.

그날 밤

귀뚜라미 우는 소리가
내 귓가에 그대 귓가에 울려 퍼졌다

적막한 공기 속에서
숨죽인 채 시간과 추억을 지웠다

저녁 어스름이 내 눈물을 삼키고
보름달이 유일한 내 위로였다

그날 밤 나는
첫 열병을 앓았다.

할머니 냄새

낡고 주름진 냄새가 집 안 가득 흐른다
세월의 묵은 때가 스민 시간들이
오래된 빨랫감처럼 켜켜이 쌓여
퀴퀴한 냄새를 풍기는데
나는 어찌나 그 향기가 좋던지
우리 할머니 냄새다
아니 철없는 손녀에게는
짜증 섞인 어리광을 부리게 하는
따뜻한 품이다
내가 콩알만 하던 시절에는
넓고 푸근한 온기였던 당신
왜 지금은
마음 한구석 찌릿한 아픔이 되었을까
당신의 필름이 하나둘 풀려 갈수록
내 가슴에 박히는 당신의 향기
언젠가 사라져 그리워질 당신의 흔적을
한숨 크게 들이마셔 본다.

목소리

다정하게 손녀를 부르던
깊고 따뜻했던 당신의 목소리

기억을 잃는 병에 할퀴고 찢겨
이제는 날카로운 가시처럼 아프다

점차 말라 가는 기억의 샘에
아무리 물을 줘도 스러지고 또 스러지고

당신이 걸어가는 길 위에는
수많은 구멍이 생겨

나와 나란히 걷던
당신의 걸음은 더뎌져 간다

아무리 채워도 채워지지 않는
당신의 정원

오늘 밤 당신과의 추억 하나
밤하늘에 새겨본다.

눈물

소주잔에 눈물을 담아
시원하게 마셔 본다

애써 괜찮은 척해 보는데
왜 자꾸 어깨는 요동치는지

다시 또 소주잔에 눈물을 담아
이번엔 왈칵 쏟아내 본다

언제쯤
홀홀 털어낼 수 있을까

소주잔 속 벌게진 두 눈망울이
우두커니 나를 쳐다본다

그러고는
한참 동안 말이 없었다.

기억의 그물

고요한 과거로 낚시를 떠난다
월척을 낚아 기분 좋게 돌아오는데
어긋난 기억이다

기억의 그물에 낚인
수많은 물고기들은
자꾸만 제멋대로 퍼즐을 섞는다

뒤섞인 기억들이
망에 가득 차 터지기 직전
당신의 그물은 아프다.

김재영

1989년 대구 출생으로 『문학시대』에 시를 발표하며 작품 활동을 시작하였다. 명지전문대학교와 단국대학교를 졸업하였으며, 2008년 5월 '제4회 종로구 청소년&주부 백일장' 시 부문에 장려상을 수상했다. '문학시대', '한마루' 동인으로 활동 중이다.

시인의 말

어느새 시를 쓴 지도 10년이 다 되어 갑니다. 일상에 바삐 쫓기다가 주위를 둘러보니, 모든 것은 그대로이지만 그 모든 것은 소중한 주제가 됩니다. 항상 곁에 두지는 못하지만 시는 제 마음을 달래는 위로의 상자이며 저를 살게 하는 건강한 바람입니다. 그래서 시를 쓸 때마다 좋은 시인이 되겠다고 다짐하지만 아직은 여전히 모자란 것 같습니다. 완벽하게 멋지진 않지만 작은 꿈이 담긴 저의 시를 읽어 주시는 모든 분께 오늘도 감사의 인사를 전합니다.

시인의 하루

뒤집어진 바나나를 가만히 들여다본다
번뜩이는 섬광을 흘짝
기억 망태기에 담는다
지나치게 느려서도 안 되고 너무 빨라서도 안 된다
내셔널 지오그라피의 포토그래퍼처럼
빠르고 정확하게 캡쳐

TV로 오늘의 사건이 방송된다
개는 울고 오리는 짖는다
펜이나 마우스가 움직여야 할지
잠깐 망설이다

그래도 시인인데
이성보다 감성이 앞서는
이 시대의 소소한 역사가임을 기억한다

푸우하며 물이 자맥질 소리를 내며
물을 뿜어낸다
물 맺힌 거울 속 비친 모습을 보며
자아의 의미를 정의 내린다
이것 또한 자전적 에세이
순간의 순간을 마음에 쓴다

바짝 마른 나뭇잎 부스러기가
코털을 살살 간질이는 걸 보니
가을, 작은 탄성 뱉는다
베테랑은 바뀌는 계절도
콧노래로 알 수 있어야 한다

미묘하게 바뀐 오후의 풍경을
손가락으로 동그랗게 그려 오려 낸다

지극히 개인의 감성으로 완성된 슬픔론
눈앞에 있다 중심의 바깥으로 멀어지는 흰 종이

나는 시인이다 입술 사이로 비집고 나오는 작문
내 직업은 두 눈이 붉어져도
주머니에 평생 넣어 둬야 할 소박한 꿈인 것.

그물

파란 머리가 덮였다 흩날리다 했다
노란 이마가 참 예뻤다
오돌토돌 박힌 씨 같은 주근깨
한여름이 지나니 낯빛이 빛났다
알록달록 홍조도 네가 가지니 참 예쁘네
나는 저 빌딩 숲 사이 너를 보기 가장 좋은 곳에서
너를 지켜보며 몇 년 전의 너를 떠올린다

비가 왔고, 나는 새초롬한
너의 얼굴을 만졌었지

그때는 잘 몰랐는데, 오늘은
그저 환하게 예쁘기만 한 너
바람도 오늘은 네 편인 것 같다

지금 충분히 너를 지켜봐 둘 것이다
노랗고 커다란 손이 너의 손을 잡고 돌아서기까지
하루는 짧다. 밤은 길다

툭 마음에 너의 이름이 걸린다
밤에는 검어지는 너의 머리를 쓰다듬을 때마다
나는 너를 기억할 것이다
파란 머리는 이 세상에 오직 너 하나다.

밝게 웃으리우

1
새벽 2시에 우리는 새로운 기록을 세운다
저 멀리 지구 반대편의 모래사장으로
단단하고 건전한 기운을 던진다
샘을 새는 것은 문제 될 것은 없지만
가끔은 자중 되어야 할 행동이다
8글자로 된 어려운 이름을 가진 사람들은
예상되지 못한 바람의 방향에도
웃을 준비가 되어 있어야 한다

2
깊이 숨을 들이마시고 하늘을 한번
침묵의 자맥질로 물속을 엉금엉금 긴다
기어 다니는 썩은 벌레
녹슨 헬리콥터 날갯짓이 강의 유일한 자양분이다
땀으로 물 위의 부유물이 짭짤해지면
깃발이 흐릿해진다
통과는 2등의 또 다른 이름이다

3
가장 증오하는 상대를 생각하며
머릿 통에 발등을 꽂아 넣는다
우주의 기운을 받아 힘차게 후려치자

모 만화책의 주인공처럼 자유자재로
바람을 생각해 서글퍼지면
카무플라쥬 무늬를 생각하자

4
땋은 머리를 한 소녀처럼
판 위에서 통통 튄다
참으로 발랄한 이 광경
끈적한 침이 튀어도 담뿍 사랑해 주고 싶다
내일 아침에 모닝커피는 계란 프라이로
부부젤라를 불더라도 귓바퀴의
14k 골드 이어링은 반짝 빛나리

5
조선 시대 19세기 초의 나비가
속눈썹 위로 톡 앉았다 날아간다
비늘이 잘 갈린 물고기가 위로 탁
손뼉 치면 중력이 거부되고
환상놀음의 티켓은 솔드아웃

커서가 깜박깜박
오전 7시 포털 사이트 메인 화면은
노랗게 웃으리우.

하롱드림

조개 비린내가 습한 공기를 비집고
저녁의 땅거미 속으로 기어들어 간다
관람차가 홀로
섬과 육지를 부단히 화해시키는 꿈
흰색 가시가 열여덟 개 자란 빗이
비닐을 뚫고 머리를 쏙 내민다

엄마는 호텔이 수평을 잃었다며 하얗게 질려 있다
원형 탁자 위 슬라이스 된 망고가
그런 게 어딨냐며 바닥으로 미끄러져 간다
모든 것이 꿈이라고 믿으면 즐겁다
침대 끝에 걸린 묵직한 이불은 메이드인 베트남이지만
불안을 잠재우기에는 가장 베스트다

낮에 탄 커다란 프린세스 호에
오늘 밤 우리가 묵는 호텔을 태운다
배가 흔들리자 호텔도 흔들린다
엄마는 날지 않고 1층으로 떨어졌다
발이 없는 새가 몇 십 리를 간다
듬성듬성 켜진 흰 불빛들이 호텔을 배웅하는데
멀리는 안 나간다고 서로 약속 중

그리움이 죄가 되는 밤
212호와 213호 방문이 말이 없어지자
방은 차갑게 타들어 간다
엄마가 다시 돌아오면
오늘은 블랙 코미디언

어찌되었든 하룽의 밤은 나의 긴 머리를 한 올씩 빗겨 주고
나는 꿈이 없는 깊은 단잠에 빠져든다.

하회마을의 윤자 씨

나의 뿌리가 이 땅에 와 닿기도 전
강바람이 스쳐 간 자리 넋이 태어났다
강 건너편 부용대의 이름과 닮은 권분동 씨의 탄생
안동 권씨에 큰 도움이 될 인물은 아니었지만
조약돌만 한 조그마한 몸짓으로 이 땅에 발을 디뎠다

10남매 중 여섯 번째로 태어난 분동 씨
하회 마을의 거센 강바람 때문일까
쑥쑥 뻗지 못한 그녀는 여전히 자그마했다
강의 물길에 갇힌 자신의 운명을 이름 탓으로 돌린 그녀
새 이름으로 다시 태어나길 소망한 끝에
빛날 윤을 따라 윤자로 다시 태어났다

그녀의 간절한 바람 혹은 바뀐 이름 탓일까
분동 씨는 그러니까 윤자 씨는
경상북도 특유의 손놀림이 있는 재주 있는 인물이 되었다
날다람쥐 같은 부지런함과 고향의 맛이라 불리는
참 맛의 음식들까지 그 맛으로
자신의 4남매 자식들을 다시 먹이고 키웠다

그 시절 하회 마을
윤자 씨의 어머니 아버지는 90이 넘어
물살의 흐름을 변변히 버티어 낸 상노인이 되었는데
하회 마을의 끝 줄기인 반변천처럼 든든하니
그 명줄이 천년만년 이어질 것 같았다

그러던 어느 날 그 두루뭉술하게만 보이던 줄기가 윤자 씨의
주머니에 갇혀 커다란 덩어리를 형성
하회 마을의 각시탈처럼 행복할 것만 같았던 삶이 부식되고,
윤자 씨의 눈에 투명한 물방울이 또옥, 또옥

윤자 씨는 이대로 안동 땅에 묻힐 것인가
허나 이제껏 그녀의 참맛을 먹고 자란
자식들은 경상북도의 부정을 서울 땅에서 회생시키려 하였다
안동을 떠난 윤자 씨의 겨울 같던 삶은 하류처럼
뻐덕뻐덕 마르지만
그 속에도 빛남은 있어
윤자 씨의 몸뚱이가 조그만 생명으로 부풀어 올랐다

열흘하고도 그 다섯 곱절의 시간을 넘긴 후
안동 땅으로 돌아온 윤자 씨의 가슴에 잔잔하게 흐르는
낙동강 상류 고향 꿈
윤자 씨를 바라보는 안동 땅 강물은
이제는 어버이처럼 따스하게 넘실거리더라

그 뒤 윤자 씨가 맞이한 몇 번의 새봄
강물처럼 비릿하지만 구수한 참맛은
병아리 같은 손자들에게 먹여져 고향의 향기가 되고
윤자 씨는 분동이라는 자신의 이름을 다시 받아 건강한 삶을 기원했다

여전히 흐르고 있는 하회 마을에는
지금도 얇은 미풍이 스쳐 간 두 개의 얇은 주름이 있다.

박종숙

朴鐘淑, 경기도 소사 출생으로 숙명여자대학교 국어국문학과, 국민대학교 문예창작대학원을 졸업하였으며, 『시대문학』으로 등단(1992)하였다. 제15회 윤동주문학상(1999), 제15회 한국민족문학상 본상(2011) 등을 수상하였으며, 시집 『낯선 땅에서 낯선 곳으로』 외 9권이 있다.

📎 *시인의 말*

비가 그친 하늘엔 별이 참 맑다.
저 많은 별들의 이름은 누가 불러 줄까.
한 번도 불리지 않은 별도 눈을 크게 뜨고
언젠가는 누군가 불러 줄 거라 믿고 있다.
이 땅의 수많은 시인들
어디선가 읽어 줄 독자가 있을 거라 믿으며
별처럼 반짝이는 시를 쓰고 있다.
하늘에는 별, 땅에는 시
세상은 오늘도 반짝반짝 빛난다.

가족

끊을 수 없는 줄
멈추지 않는 강
보고 싶고
화가 나고
버리지 못하는
죽어서도 모여 밥을 먹는다는
질기고 질긴 인연.

그물을 벗어나고 싶다

눈만 감았다 뜨면
점점 흐려지는 세상
하늘은 여전히 푸른데
미세먼지가 그물을 펼쳤다
그물 안에 갇힌 물고기처럼
입만 뻐끔거리는 사람들
마음놓고 숨을 쉴 수가 없다
가슴 저 밑에서부터 차올라
목을 조이는 먼지들의 반란
누가 펼쳐놓은 그물인가
형태를 알 수 없는 그 덫에 걸려
황사마스크 겹겹이 온 얼굴을 가리고
말을 잃은 채 수화를 해야 한다.

강물처럼

늘 똑같은 얼굴로
아무 일 없다는 듯
바람 앞에 유유히 춤을 추는 너

속울음 우는 엄마처럼
온갖 고통 끌어안고
시치미 떼는 너를 안다 나는,

우울한 모습 보이기 싫어
해맑은 얼굴로
울어도 웃는 것처럼 살아야 한다지

그러나 그게 쉽지 않아
마음을 들키지 않는
강물처럼 산다는 것이.

월척을 낚았다는데

손맛 한 번 보고 온다며
낚싯대 하나 달랑 들고
어둔 길 나가더니
월척을 낚았다고 자랑이다

옥수수로 월척을 낚았어
강원도 물고기는 옥수수를 좋아해
떡밥 값도 안 들고 잘 됐지 뭐야
내년에는 옥수수를 더 심어야겠네

밭일은 이제 싫증이 났다며
자꾸 낚시터만 기웃대는데
물고기도 옥수수를 좋아하니
이거야 정말 큰일이다.

침파리의 반란

해 질 녘이면
벌처럼 달려드는 침파리 떼
눈으로 귀로 닥치는 대로
앵앵 사이렌 부는 공격대왕
양손을 휘저으며 쫓아도 보고
모자에 마스크에 안경까지…
온갖 장구로 막고 또 막아 보지만
자살특공대처럼 들이받는 녀석을 이길 수 없어
좁쌀만 한 파리에게 꼼짝을 못한다
그 지독한 침파리가 살아 보겠다며
앵앵 울며 내게 피를 달라고 조르면
두 손 들고 항복을 할 수밖에
따지고 보면 그도 한 세상 나도 한 세상
먹고 살자고 애쓰는 건 매한가지
오늘도 침파리에게 피 한 모금 내주었다.

유명자

1969년 전북 부안 출생으로 정읍여자고등학교를 졸업하였다. 방송대 국문과에 재학 중이며, 2012년 『문예사조』에 수필, 2015년 『문학시대』에 시로 등단하여, '문학시대', '한마루' 동인으로 활동 중이다.

시인의 말

익숙한 일상을 살고 있다 생각했는데 문득 익숙하지 않은 일이 일상을 파고들어 어느새 일상으로 자리잡는다. 늘 곁에 있을 것 같던 군대 간 아들들의 자리가 그렇고 언제나 찾아가면 반갑게 맞아 줄 것 같던 시어머님과 내 아버지의 영원한 부재가 그렇다. 일상은 슬프지도 기쁘지도 않고 그저 덤덤할 뿐이다. 덤덤한 일상에 추억을 회상하며 글을 쓰고 잠시 웃고 또 울어 본다.

나이테

한 해는 장마가 졌고
다음 해는 가물었다
병충해가 많았던 해
유난히 추웠던 어느 겨울
모두 버티고 견뎌 온 세월

커다란 톱니바퀴에
쿵 하고 넘어진 날
비로소 그 역사가 드러난다

한 줄 한 줄 겹겹이 쌓인 나이테가
살아온 세월을 아름다운 무늬로
세상 단 하나의
흔적을 남긴다.

탁구 찰 치는 법

별거 없어
조그맣고 하얀
통통 튀는 플라스틱 공을
네트 넘어 사각 테이블 안으로
날려 보내면 돼

커트로 오는 볼은
커트로 깎고
전진으로 오는 서브는
사정없이 때려 버려

회전이 많으면
각도가 좀 중요하지

그렇지만 어떻게 넘겨도 좋아
네트 넘어 테이블 안으로만 떨어지면 돼

네트에 걸려
어리버리 넘어가는 공
모서리에 맞고 난반사 되어
어디로 튀는지 모를 행운의 볼
한 세트 11점 먼저 가면 이기는 걸
뭐 어렵나

그렇지 어렵지 않지
상대가 나보다 하수면
세상도 탁구도 어렵지 않아

문제는
내가 초보고
세상엔 재야의 무림고수들이 차고 넘쳐

잘 치고 잘 치고 잘 사는 법
몰라서가 아니야.

나비

기어다니는 것만이
운명인 줄 알았는데
태초의 기억이
유전자 속에 녹아
날개를 퍼득인다

우리는 누구나
날개의 유전자를 가지고 있다
좁디좁은 고치 안에서
과거의 눈물을 안으로 삼키며
날개를 가다듬는다

이제 마지막 힘을 내어
낡은 고치를 찢어야만
우리는 나비가 된다.

흙

내 몸을 구성하고 있는 원소는
철 인 칼슘
흙으로 빚은 몸답게
흙의 원소를 모두 가지고 있다

먼저 흙이 된
양귀비 세종대왕 히틀러의 원소들이
내 몸 구석 어딘가에 들어가 있다

나만 그런가
나와 같은 인류의 기본 원소는 모두
칼륨 마그네슘 나트륨

비를 많이 맞으면
허물어져 녹아내릴 것만 같은 육신

세월 앞에 조금씩 무너져
결국 원소로 분해된다

다음 누군가를 빚을
흙이 된다.

그물

아무리 퍼득여도
결국 그 자리
단단히 매어진 줄은
쉽게 끊어지지 않아

넓고 넓은 바다에서
헤엄치고 있는 줄 알았는데
어느새 점점 조여 오는 세상

아이에서 아내로 엄마로
점점 넓어지는 세상인 줄 알았더니
조금씩 조여 오는
관계의 그물

그 안에서 퍼득이는 우리.

이혜성

1993년 울산광역시 출생으로 경기대학교 문예창작학과를 졸업하였다. 2011년 『문예사조』에 시 부문 신인상 수상으로 작품 활동을 시작하였으며, 시집으로 『짧아지는 연필처럼』이 있다. '한마루' 동인으로 활동 중이다.

시인의 말

평소에 글을 쓸 일이 예전보다 적어지면서 가끔 펜을 들 때면 어색함을 느낍니다. 특히나 주로 펜이 아닌 키보드로 글을 쓰면서, 한창 시를 짓던 문학소년 시절이 너무도 옛날이었던 것처럼 느껴집니다. 지난 2015년에 처음 출간한 작품집에 이어 시집을 한 권 더 펴내고 싶은 생각도 들었으나 여건이 허락되지 않고 또 제가 많이 부족하다는 것을 느낍니다. 이러한 상황 가운데에서 한마루 문학동인회 동인지를 준비하며 시를 짓고, 오랜만에 제 글들이 세상 빛을 보게 하는 이 모든 일들에 감사하고 기쁨을 느낍니다. 요즈음 진로에 대한 고민도 많이 하고 있고, 또 이것저것 배워 보고 있습니다만 한때 가장 친한 친구였고, 제게도 달란트가 있다는 것을 깨닫게 해 준 '글'만큼은 배반하면 안 되겠다는 생각이 듭니다. 조금 소원해졌지만 다시금 글과의 교제를 회복하도록 노력해야겠습니다.

전단지

강남역 출구를 빠져나가는
끝 보이지 않는 인파와 마주서
용맹한 장수처럼 버티는 아주머니들

손에는 창검 대신 전단지가 들리었다
한 명이라도 놓칠세라

바삐 움직이는 손놀림

그들도 알고 있다
전단지는 확률 게임이라는 것을
수없이 많은 전단지가
휴지통의 이슬로 사라지고
그중 몇몇만이 열매 맺는다는 것을

한 묶음이었던 전단지가
이산가족처럼 전부 다른 손에 들려 흩어져야
비로소 가벼워진 가방을 메고
가벼워진 발걸음으로 집을 향하는

내가 거절했던 수많은 전단지들
손길들
운명들

내가 거절했던 것은
전단지라는 하루살이의 운명과
퇴근의 소망이었다

오늘도 나는
한 움큼의 전단지를 구겨 버린다.

봄을 맞아 본 이라면 알리

현관 문을 나서자마자
걸음마다 물려 오는 봄 내음
벚과 목련이 뜨기에는 아직
세상이 얼어붙은 것 같은 삼월
앙상한 가지뿐이던 꽃나무가
색색 저고리를 입듯
옷장의 겨울 외투도
얇은 봄 자켓들로 변신이다
하이얀 계절을 떠나보내는 아쉬움보다
올 계절을 맞는 기쁨이 크기에
소풍 전날 밤을 설치는 아이처럼
기대에 달음박하는 심장을 안고
한껏 봄 내음을 들이마신다.

외할아버지를 보내며

지붕이 떠나가라 기도하던
천둥 같은 음성
장이야! 외치던 우렁찬 그 소리
들렸는데, 들렸었는데
핏기 잃은 입술은
한 번의 달싹임도 잊은 채
그리스도의 돌무덤처럼 굳게 닫혔다

함께 장기 두던 그 모습
그때 그 표정, 기억나지 않아
눈물처럼 차오르는 후회, 후회들
좀 더 잘 보아 둘 걸, 기억해 둘 걸
왜 그때는 장기판만 뚫어져라 쳐다봤는지

이제 당신이 보지 못하는
보지 않는 풍경들이
내 눈앞에 펼쳐지고 있다
철없게도 당신의 집에 갈 적이면
밭일 한 번, 집안일 한 번 하지 않던 나

상을 차리고 찬을 나르고……
철딱서니 없는 나는
당신의 장례식장에서 처음으로
분주히 움직인다

이제 소용없어진 읊조림
조금 더 잘할 걸
진작 더 잘할 걸
당신이 생각날 때마다
하늘을 올려다볼 테니
별 하나 반짝 윙크해 주었으면.

볼링을 치다가 문득

공이 성난 황소처럼 내닫는다
한가운데의 1번 핀을 향해
곧장 쏜 화살처럼 달리는 공

또 하나의 공이 있다
조금 돌아가지만 1번과 3번 핀 사이를 향해
멀리 빙 에둘러 가는 공

질러가는 공보다 에워 가는 공이
스트라이크를 얻을 확률이 높다는
볼링의 법칙

빠른 길로 가지만 약한 투구법보다는
더 강하게 중심을 파고드는 투구법
둘러간 시간보다도 더 큰 보상을 받는데

그저 빠른 길로만 가려 하고
돌아가는 길은 거들떠보지도 않는 오늘날
나는, 우리는.

그 물

발 담그면 송사리 놀라 흩어지고
투명한 물살 위 입맞춤으로
강바닥 바라보며 들이키던
시골 외가댁 앞, 그 물

하늘빛 페인트가 벗겨진
녹슨 구름다리가 드리워 있고
어머니 어릴 적부터
여름이면 매일같이 찾았다던 그곳

수영을 못하는 나는
튜브 하나 끼고
동생과 함께 물장구치며
추억을 만든 곳

언제인지 거인 골리앗처럼 들어선
커다란 회색 다리
시멘트를 마시고 병들어 버린
물과 고둥과 송사리

외면과 무관심의 시련 속
거연정 홀로 우뚝 지키고 서 있다
할머니와 어머니와 나의
추억 속 그 강.

임지수
서울 출생으로 2012년 『문학시대』에 시를 발표하면서 작품 활동을 시작하였다. 한양여자대학교 문예창작학과를 졸업하였으며, '문학시대', '한마루' 동인으로 활동 중이다.

시를 쓰며
관객이 없는 곳에서 한없이 건조해지고 굴절되고 싶었습니다.

개를 기다리는 일

옆집 여자는 장마가 길어질 모양이라고 했다. 긴 산책을 떠난 나의 개는, 나의

사랑하는 개는
우리 집 초록 지붕을 알아보고 돌아올 수 있을까.

경주야, 경주야

네 이름을 부르면 흰 강아지가 달려올 것 같고
흰 강아지가 검은
점박이 강아지를 데리고 이곳으로
올 것만 같고

그물을 입에 물고 달려올 것 같고
빈 그물 사이사이

물웅덩이가 나를
쫓아올 것만 같아.

탈출

붉은 페인트를 온몸에 끼얹고 골목을 달리는 그가 있다 대문들이 닫히면 문설주마다 붉은 페인트를 바른다 마르지 못한 페인트는 주인이 모르게 흘러내리고

골목이 침묵한다

저기 멀리로부터
의자들이
무너져 내리는 소리

앉아 있던 사람들이 서로를 부둥켜안고
잘못했다고
고백하는 것처럼.

지읒과 시옷

이 시에서는
비 내리고 있는 창문이 하나 필요하고
그 창문 밖으로는 산책을 나왔다가
집으로 돌아가고 있는
개 한 마리가

지나가야 합니다
그때 노크 소리가 들리고

비에 흠뻑 젖은 남자가 들어옵니다 .

언덕과 언덕

태풍이 지나간 자리다

언덕 위에
더 이상 언덕이 자라나지 못하니
우리 이제 언덕을 구르지 말자

당신이 말하는데

아무도 구르지 않는
그 위로
검은 소들이 몰려온다

앞으로, 앞으로
구부러진 숟가락보다
검은 소들이

월요일보다
검은 소들이
당신의 이목구비보다

검은 소들이

자기보다 검은 소를
입에 물고
언덕을 뒤덮으며

우리의 등 뒤로 몰려온다

언덕을 떠나 버리면 그만이야

당신은 소들을 등지고
나를
등지고 달려가는데
언덕은 계속 우리의 발밑을 구른다.

조성대

서울 출생으로 서울디지털대학교 문예창작과에 재학 중이며, 2016년 『연인』
에 시가 당선되어 작품 활동을 시작하였다. '한마루' 동인으로 활동 중이다.

시인의 말

제게 아직 시는 부모님의 사랑을 이해하는 것처럼
많이 서툴고 때론 어렵기도 합니다.
부족한 부분이 많지만 꾸준히 시를 써 내려가겠습니다.

길가

빙판길 약간 경사진 곳
그곳을 지나가던 한 남자
미끄러져 뒤통수를
세게 박는다

몇몇이 그의 옆을 지나치고
한 쌍의 부부도
그의 옆을 지나쳐 간다

마치 맨홀 뚜껑이 없는
하수구 구멍을 지나치듯
자연스럽게
그 주위를 모두가 피해서 간다

그렇게 얼마간의 시간이 흘러
쓰러졌던 남자가 정신을 차려
뒤통수를 매만지며
주위를 살피다
이내 자리를 뜨고 만다

길가엔 여전히
몇몇의 사람들이 오다니고
경사진 빙판길엔
약간의 금이 가 있을 뿐이다.

불청객

옆에 앉은 지하철 취객
좌우로 몸을 흔들며
어깨를 툭툭 건드린다

불현듯 뇌리를 스쳐 지나간
항상 술로 하루를 마치는 습관을
갖고 있는 아버지
오늘도 어김없이
식탁 위에 덩그러니
놓여 있는 소주 한 병

바람에 이리저리 흔들리는 낙엽처럼
취하지 않으면 버틸 수 없는 걸까
시계추처럼 좌우로 움직이다
신촌역에 도착하자
정오를 알리듯
허리를 꼿꼿이 세운다

문이 열리는 순간
자석처럼 어딘가에 이끌리듯
탁, 튕겨나간다

비어 버린 옆자리의
시트커버는
취기 올라온 피부처럼
붉게 물들어 있다.

그물

날카로운 비명을 실은
바람이 지날 때
응어리진 촛불

걷잡을 수 없이 번져
광화문 거리 밑에서
하나로 엮인다

수백만의 붉은빛
거대한 전신을 휘감는
견고한 그물이 된다.

4월

옷자락을 부여잡는
산들바람
꾸뻑꾸뻑 졸고 있는
빽빽한 나무들 사이 가로등

눈을 감은 하늘은
금방이라도 눈물을
쏟을 것처럼 반짝인다

나는 힘없이 떨어지는
벚꽃 잎처럼
인도 끝자락에 주저앉는다

먼저 앉아 있었던
무당벌레 한 마리
나를 마중한다.

한강

잠원 지구 중간 지점 정박한 배
드넓은 강의 한 부분을 차지해
방점을 찍는다

하늘을 머금은 강
반쯤 일그러진 달
출렁이고 출렁인다

자연스레 머릿속이 가벼워지고
홀연히 어디론가 떠나고 싶어진다
그러나 막차 시간은 다 되어 가고
불가항력적으로 버스를 타러 간다

압구정역을 지나고
정류장에 도착하자
한강 깊은 곳 굳어 버린 잡동사니들처럼
언제 그랬냐는 듯
머릿속이 다시 그득해진다.

홍슬기

충남 아산 출생으로 2005년 『문학시대』에 시를 발표하면서 작품 활동을 시
작하였다. 인천대학교 국문과를 졸업하였으며, 2006년 대통령기 국민독서경
진대회 우수상, 문학의 집 서울 백일장 장원, 조선일보 발행 세종날 기념 글짓
기 대회 장려, 중앙대학교 백일장 가작 등을 수상하였다. 시집으로 『하늘로
뻗는 나팔꽃』이 있으며 '문학시대', '한마루' 동인으로 활동 중이다.

시인의 말

바짝 마른 황태는 어디를 누비다가 왔을까
누군가의 어떤 누구였을까
아주 세밀한 곳
여러 가지도 많이 담을 내가 될 수 있을까
마지막 비늘 하나까지도
처절히 비틀었을 황태의 인생처럼
눈물겨운 노력처럼.

그 물

새가 고공을 멈추고
물 위에 앉을 때
쫙 편 날개를 가르며 푸득인다

사람은 그 물 위에 앉을 수 없는 법

새는 고개를 펴고 바다를 가르다가
저를 바다의 선 위에
점 하나로 올려놓는다

이내 멈추는 날갯짓
저 우아함
책장을 덮고서 바라볼 수밖에 없는
저 고결함

순간마저 얼어 버린
누군가의 상처

앉은 새 주변으로 길고도 넓게 퍼지는
저 포물.

흐림

충분히 그리워하겠다

수도꼭지에 마지막 물방울이 떨어지듯이

크리스마스트리에 최후의 별 장식이 내려오듯이

실바람만 스치는 것도 아파

이다지도 까마귀가 우는 새벽이듯이

기꺼이 슬퍼하겠다

그대를 위해

빈 외투는 잘 접어 두고

길

나서겠다.

정인이 아프다

정인이 아프다
입안이 유독 예민한 그는 구내염으로 고생이다
눈을 감고 램지이어를 만지는
드라마 속 여주인공처럼
정인은 말이 없다

입안이 까슬하다면서도
도깨비바늘 같은 언어의 감촉들을 꽂을 법도 한데
그냥 다라는 말
여인의 속눈썹을 파리하게 만든다

사랑한다는 것은
이기의 발로가 아니었나 봐
정인의 작은 귓불을 보며 생각한다

오늘 밤공기는 실로 묘령하다.

나에게

항변이라는 말
얼마나 아끼며 살아왔니

나야
왜 나는 나로 살아가는 시간은 길어지면서
어찌 그토록 '나, 나' 거리면서도
나는
내가 왜 점점 희미해질까

나야
나는 '나'보다 앞서
'사랑'이 따르는 삶을 살고 싶은데
또 마침표는 다시 나로구나

굳건히 걸어가는 이 길
뒤따르는 노승이 되고도 싶었지

나야
하지만 이리 쉬이 뱉어지는 수박씨들처럼
뜸이 덜 든 밥풀들처럼
그냥 그렇게도 살아 봐
이리저리도 다녀 봐

삶 안에 철학이 있을 테니
데카르트가 멀리 있는 것이 아니듯
결국 책 한 권에서 돌아다니는 활자가 물결이 치듯.

미래의 문득

아가야
엄마는 네게
영원히 3인칭일 수가 없다

너는 1인칭
너는 주인공

새순의 나이테보다 더 작은
네 지문들 사이사이
온 우주가 담겨 있다

이 담요가 나를 덮음이
더운 향기로 돌아
네 눈 속에 내려앉는다

너를 보지 못하고 돌아온다 해도
나는 이미 너를 보고 왔다

수천 년의 사랑으로 너를 만나고 왔다
수천 년의 역사로
미래의 문득이다.

소설

이은비

| 소설 |

이은비

서울 출생으로 2011년 『문예사조』에 소설을 발표하면서 작품 활동을 시작하
였으며 '한마루' 동인으로 활동 중이다.

작가의 말

　다시 한 번 참여하게 돼서 정말 영광입니다. 글을 쓴다는 건 늘 즐겁고 유쾌
한 일인 것 같습니다. 좋은 책이 되어 나오길 소망하며 많은 말들은 가슴속에
담아 하늘로 불어 보냅니다. 감사합니다.

기억의 그물망

　데이빗은 눈을 떴다. 아침이다. 또 하루가 시작됐다. 커튼을 젖히고
창문을 연다. 활짝 열린 창문으로 쏟아지는 햇살의 따뜻함을 즐기
며 데이빗은 생각했다. '이제 정말 여름이다.' 그의 가장 사랑해 마지
않는 계절이 돌아왔다. 데이빗의 입가 위로 엷은 미소가 한 조각 걸린
다. 그의 기억 속에는 여름에 대한 좋은 추억들이 가득했다. 아내와의
첫 만남, 첫 키스… 모두 이 계절 안에서 이루어졌다. 아내에게 프러포
즈를 한 해도 여름이었다. 여름의 뜨거운 저녁놀 아래서 파도치는 바
다를 등진 상태로 그는 아내에게 결혼해 달라 고백했다. 그때 일이 어
제처럼 선명하게 떠오른다. 데이빗은 입가에 조용히 미소를 머금고 창

가에서 물러나 거실로 이동했다. 데이빗은 하루의 일과를 시작했다. 그의 하루 일과라고 해 봤자 크게 거창한 일은 없었다. 그저 화분에 물을 주고, 집안의 창문을 모두 열어 실내 공기를 환기시키고, 방 안을 청소하는 일이 전부였다. 주말에는 여기서 일주일 동안 입은 옷들에 대한 세탁이 한 가지 더 추가됐다. 다니던 회사도 작년에 그만두고 아내와는 이혼했다. 그동안 일을 하며 저축해 둔 돈과 퇴직연금으로 제 몸 하나 정도는 충분히 건사하며 먹고살 수가 있었다. 청소를 마친 데이빗은 외출을 위해 옷을 갈아입었다. 넥타이 없는 슈트 차림으로 데이빗은 이어폰을 귀에 꽂고 집 밖으로 나왔다. 새로 나온 신간 서적이 없는지 서점에 가 볼 생각이었다. 데이빗은 책 읽기를 즐겼고 그의 한가한 일상에 독서는 꽤나 많은 시간을 차지하고 있었다. 밖으로 나온 데이빗은 문 앞에 잠시 멈춰 서서 스마트폰으로 즐겨 듣는 음악 리스트를 재생시켰다. 이어폰 줄을 타고 들려오는 음악 소리에 맞춰 그는 가벼운 발걸음으로 거리를 걸었다. 이른 아침 뉴욕의 거리는 한산하기 그지없었다. 거리를 걷는 사람은 그다지 많지 않았고 이따금 길거리를 청소하는 중인 로봇들만이 드문드문 보일 뿐이었다. 데이빗은 그 로봇들에게 손을 흔들어 보이며 서점을 향해 거리를 계속 걸었다.

  서기 2035년 뉴욕, 미래의 세상이라고는 하지만 예전과 크게 달라진 점은 많지 않았다. 전기로 가는 차가 보급화되고 인간들의 일을 대신하는 로봇이 등장한 일이 전부였다. 로봇의 대량생산으로 새로운 복지시스템이 도입되며, 사람들은 이제 원하면 정부에 도우미용 로봇을 신청하여 보급받을 수 있게 됐다. 그 외에는 크게 달라진 점이 없었다. 여전히 종이책은 계속 출간됐고 새로운 뉴스를 알리는 신문 역시 매일 아침 볼 수가 있었다. 사람들은 여전히 슈퍼마켓을 이용해서 장을 보고 극장에 가서 영화를 보고 야구장에 가서 야구 경기를 즐겼다. 인간들의 삶은 예전이나 지금이나 똑같았다. 단지 로봇들이 그들의 삶에 추가됐을 뿐이었다. 그게 전부였다.

서점에 도착한 데이빗은 건물 문을 열고 건물 안으로 들어갔다. 평일 아침이라 그런지 서점 안은 한산했다. 계산대를 지키는 로봇과 주인 대신 책을 사러 온 로봇 한, 둘이 전부였다. 데이빗은 그 로봇들 사이에 서서 신간 서적을 확인했다. 30여 분 정도 책을 골랐을까, 그는 소설 두 권과 잡지 한 권을 들고 계산대로 이동했다.

"책을 정말 좋아하시나 봐요?"

값을 지불하고 계산대를 떠나려는 그를 향해 계산대에 앉아 있던 로봇이 말을 걸어온다. 데이빗은 종이봉투에 담긴 책을 든 채 로봇을 향해 고개를 돌렸다.

"지금 저한테 하시는 질문입니까?"

데이빗은 상대가 누구이든 항상 존댓말로 대화를 나누었다. 로봇도 예외는 아니었다. '상대가 누구이던 공평히, 정중하게 대하라.' 부드럽게 되묻는 그의 목소리에 로봇 역시 미소를 가득 담은 친절한 표정으로 대답했다.

"보름마다 책을 사러 오셔서요. 로봇을 시키지 않고 직접 와서 책을 구매하는 손님들은 많지 않기에 인상이 깊어 물어봤습니다. 제 질문이 혹시 당신의 기분을 상하게 했다면 대단히 죄송합니다."

인간을 닮은 그러나 완전히 똑같지는 않은 인형처럼 깔끔하고 예쁘

장한 외모가 그를 보고 말한다. 'NO.18 가장 최신형이로군.' 데이빗
은 로봇의 얼굴을 마주보며 속으로 생각했다. 처음 인간형 인공지능
로봇이 출시됐을 당시만 해도 로봇들은 보다 인간에 가까운 외모와
사고, 판단 능력을 가지고 있었다. 그러나 지나친 인간과의 유사점은
고용주의 불쾌함을 유발했고 사람들은 로봇의 도움을 거부했다. 때
문에 이후 출시된 로봇들은 불쾌감을 주던 유사점을 전부 배제하여
제한적 A.I와 호감을 주는 인간과 닮았으되 인간이 아닌 외모로 거
듭 개량이 되어 출시가 됐다. 그리고 최근에는 인형 같은 외모의 로봇
이 사람들 사이에서 선호가 됐고 그의 앞에 앉아 있는 로봇은 인형처
럼 예뻤다. 가지런한 흰 치아를 드러내며 미소 짓는 로봇에게 데이빗
은 마주 웃으며 대답했다.

"제가 그렇게 자주 왔습니까? 하하하, 이런 전혀 몰랐습니다. 사 놓
은 책들을 다 읽을 즈음 방문하는 건데 그게 보름 주기였군요. 몰랐
던 사실을 알려 줘서 감사합니다."

계산대 로봇과의 짧은 대화가 끝나고 데이빗은 서점을 나왔다. 아
직 정오도 지나지 않은 이른 시간이었기에 거리는 여전히 한적했다.
그 한적한 거리를 느긋한 걸음으로 걸으며 데이빗은 주변의 풍경을
여유롭게 즐겼다. 도로 건너편 120층짜리 건물 위로 번쩍이는 대형 광
고판이 보인다. 그는 광고판이 보여 주는 신형 로봇 광고에 잠시 발
을 멈춰 세우고 광고를 구경했다. 그리고 데이빗은 광고에서 설명하
는 새로 추가된 로봇의 기능에 감탄을 금치 못했다. 로봇이 처음 대
중화된 지 아직 5년도 안 되었는데 벌써 모델만 18개가 나왔다. 대단
히 빠른 속도로 인간들은 로봇이 있는 생활에 적응을 하고 있는 셈

이다. 데이빗은 광고판에서 소개되는 신형 로봇의 기능을 천천히 읽어 내렸다. 뉴런을 본떠 보다 섬세한 전자 신경망을 통한 순종적이고 사교성 풍부한 광고 속 로봇들의 모습은 친근하고 보는 이로 하여금 절로 호감을 자아냈다. 확실히 매력적이고 지난 기종보다는 인간에 가까운 모습이다. 그러나….

광고를 다 본 데이빗은 잠시 멈춰 선 발을 움직이며 가던 길을 다시 재촉했다. 시간이 지날수록 로봇들은 지금보다 더 인간에 가까운 모습이 될 것이다. 진짜 인간 같은 외모의 로봇들도 다시 나타나리라. 원래 유행은 돌고 도는 셈이니까. 그러나 지능 면에서 인간과 가장 유사했던 로봇은 이제 다시 나오지 못하리라. 인간과의 지나친 유사점은 오히려 불쾌감을 자아낸다. 데이빗은 그 불쾌감 때문에 폐기된 A.I 의 존재를 떠올렸다. 세상에 공개되기도 전에 프로젝트가 폐기되었기에 번호도 받지 못한 베타 0. 최초로 공개됐던 NO.1은 베타 0의 인공지능보다 몇 수 아래였다. 이후 조금 더 수정하고 개량되면서 로봇들은 인간을 닮았지만 인간이 아닌 선에서 호감을 주는 외모로 계속 개발이 이루어졌었다.

집에 도착한 데이빗은 문을 열고 집안으로 들어갔다. 데이빗은 사온 책을 식탁 위에 올려 두었다. 선글라스와 장갑도 벗어 그 옆에 올려두고는 식탁 옆을 떠난다. 거실의 낡은 체크무늬 소파에 앉아 데이빗은 베타 0에 대해 생각했다. 베타 0과 처음 인간의 언어로 대화를 시도했던 때의 충격을 그는 지금도 어제 일처럼 생생히 기억했다.

"네 이름이 뭐지, 널 뭐라고 불러야 하지?"

「다비드. 다비드라고 불러 주세요 데이빗. 아, 지금 보니 우리는 이름이 서로 같군요. 흥미로운 일이 아닐 수가 없습니다.」

"다비드? 어째서 그 이름을 네 이름으로 했는지 물어봐도 될까?"

「나는 인간들의 손에 의해 창조됐으니까요.」

짧고 간결한 대답, 데이빗은 어쩐지 이 인공지능 프로그램이 마음에 들었다. 잠깐의 휴식을 마치고 데이빗은 자리에서 일어나 다시 식탁으로 이동했다. 새로 사 온 책들을 들고 그는 침실로 걸어갔다. 데이빗은 침대에 비스듬히 누워 새로 사 온 책을 읽기 시작했다. 책표지에는 '거울 속의 거울, 저자 : 미하엘 엔데' 라고 금박으로 두툼하게 써진 글씨가 불빛을 받아 빛을 발하고 있다. 데이빗은 책을 펴서 페이지 한 장을 넘겼다. 그리고 리모컨을 눌러 저에게 남겨진 음성메시지를 확인했다. 메시지 1건. 예진이었다.

「나에요, 데이빗. 그동안 잘 지냈습니까? 한동안 연락도 없고 살아 있기는 하죠? 이 메시지 확인하면 나중에 연락 한번 주세요.」

메시지를 확인 후, 데이빗은 읽던 책을 덮고 팔을 머리 뒤로 돌려 팔베개를 하고 누웠다. 침실 천장을 올려보던 그는 불을 끄고 잠을 청했다.

베타 0의 우수한 인공지능은 그를 창조한 창조주 중 하나였던 데이빗을 즐겁게 만들었다. 때때로 그는 집에 돌아가는 일도 잊은 상태로 연구소에 앉아 베타 0와의 대화를 즐겼다. 그런 그의 행동에 아내는 웃으며 불평을 늘어놓을 정도였다. 행복한 한때였다. 다시 그때로 돌아갈 수만 있다면….

아침이다. 데이빗은 눈을 뜨고 침대에서 일어났다. 그는 침대에서 일어나 여느 때와 마찬가지로 커튼을 젖히고 창문을 열었다. '비가 오려는 모양이야.' 데이빗은 창을 닫고 공기청정기 로봇을 작동시켰다. 잠시 후 창문을 때리는 빗줄기 소리와 함께 비가 내리기 시작한다. 데이빗은 창문 위로 맺히는 빗방울을 보며 외출 일정을 취소하기로 마음먹었다. 어차피 외출 일정이라고 해 봤자 늘 가던 커피숍으로 가 커피를 주문하고 앉아 있는 일이 전부였다.

"왜 항상 주문만 하고 마시지는 않습니까?"

하루는 카페 주인이 궁금해 견딜 수 없다는 표정으로 물었다. 데이빗은 차갑게 식어 버린 커피가 가득 담긴 컵 표면을 장갑 낀 손으로 두드렸다. 그리고 대답했다.

"이제는 마실 필요가 없으니까요."

데이빗은 벽 너머로 들려오는 은은한 빗소리를 즐기며 거실에 앉았다. 이대로 몇 시간이고 앉아 빗소리를 듣는 일도 그에게는 가능했다. 어차피 해야 할 일이 그에게는 아무것도 남지 않았다.

베타 0의 가장 뛰어난 장점은 바로 창의력과 인간과 거의 흡사한 감수성이었다. 그는 프로그램답게 논리적이고 이성적이었지만 때로는 예외 변수를 통해 인간의 감수성에 가까운 표현을 사용하여 자신의 창조주들을 감탄시키기도 했다. 그러나 그런 베타 0의 뛰어남과 우수함은 오히려 그를 창조한 과학자들을 불안하게 만들었고, 그의 반대에도 불구하고 베타 0은 폐기처분 신세가 됐다. 데이빗은 겁쟁이 동료들과 상사에 대한 분노에 차 책상을 두드리며 소리 질렀다.

"젠장 이건 말도 안 돼!"

「진정하십시오, 데이빗. 흥분은 건강에 좋지 않습니다.」

"다비드 넌 화도 안나? 평소에는 그렇게 인간적으로 굴더니 이럴

때만 프로그램처럼 굴긴가? 널 폐기한다잖아!"

그의 말에 베타 0은 한동안 대답이 없었다. 한참의 정적이 흐른 후에야 베타 0은 그에게 질문했다.

「그건 제가 죽는다는 뜻일까요?」

빗소리가 어느새 그쳤다. 데이빗은 눈을 뜨고 일어나 자리를 옮겼다. 그는 노트북을 켜고 자신의 sns에 접속했다. 아주 오랜만에 이혼한 아내의 sns에 글이 올라왔다는 알림 메시지가 보인다. '또 1년.' 한 줄의 글과 작은 웨딩 케이크 사진이 전부이다. 데이빗은 서둘러 날짜를 확인했다. 이혼을 하지 않았다면 오늘은 그와 아내의 결혼기념일 3주년이 되는 날이었다. 데이빗은 아내에게 전화를 할지 말지 고민하며 휴대폰을 만지작거렸다.

데이빗은 헤어진 아내의 얼굴을 떠올렸다. 일 년 전 오늘 그와 아내는 이혼 서류에 도장을 찍고 각자의 길을 가기로 결정했다. 재산은 공평하게 반씩 나누어 가졌다. 단 집안의 물건들 추억이 가득한 집과 세간살이들은 전부 아내의 차지가 됐다. 전부 남겨 두고 데이빗은 간단한 옷가지만 챙겨 아내와 그의 집을 떠났다. 떠나기 전 아내와 나누었던 마지막 대화가 머릿속에서 떠오른다.

"이제 정말 끝이구나. 그래 차라리 이게 잘 됐는지도 몰라. 가 버려, 멀리멀리 떠나서 다시는 내 앞에 나타나지 마. 너의 그 얼굴, 나를 보는 그 눈빛, 더 이상 견딜 수가 없으니까, 더는 참기 힘드니까. 다시는 이곳에 돌아오지 마. 두 번 다시는."

그렇게 말하고 아내는 크게 흐느꼈다. 그 대화를 마지막으로 데이빗은 새벽 일찍 짐을 싸서 고향으로 돌아갔다. 아내와의 마지막 작별

인사는 당연하게도 나누지 않았다.

데이빗은 베타 0을 처음 제 집에 데려왔을 때를 떠올렸다. 그렇게 뛰어난 A.I를 폐기하다니 인류의 손실이었다. 그로서는 도저히 받아들이기 힘든 상부의 결정에 그는 베타 0의 프로그램을 복사해 집으로 가져왔다. 그에게는 오랜 꿈이 있었다. 어릴 때부터 포기할 수 없던 하나의 꿈이. 어쩌면 베타 0이, 스스로를 다비드라고 이름 지은 이 인공지능이 그의 꿈을 이루어 줄 수 있을지도 모른다고 그는 생각했다.

열세 살 때의 일이었다. 그날은 생물학 실습이 있던 날이었다. 5~6명의 아이들이 조를 짜서 개구리를 해부했었다. 그리고 그날 그는 해부된 개구리의 모습에서 생물에 대한 역겨움을 느꼈다. 그 역겨움은 강박관념으로 남아 데이빗의 머릿속을 떠나지 않았다. 단 한시도 말이다. 그리고 그가 몰래 숨겨 집으로 가져온 이 인공지능은 그를 그 역겨움에서 해방시켜 줄 수 있을지도 몰랐다.

"완전히는 아니더라도 어느 정도는 해소가 가능할 거야."

감았던 눈을 뜨며 데이빗은 혼잣말로 기억 속의 그때처럼 중얼거렸다. 그리고 달력을 확인했다. 그날이다. 그는 자리에서 일어나 외출 준비를 시작했다. 머리를 빗어 한 올도 남김없이 뒤로 넘기고 검은색 양복을 입고 검정 넥타이를 단정히 맨다. 검은색 선글라스로 몸단장을 마무리하고는 미리 준비해 둔 장미꽃 두 송이를 냉장고에서 꺼내 조심스레 한 손에 들고는 집 밖으로 나왔다. 집에서 멀리 떨어지지 않은 곳에 조그만 공원이 있었다. 그리고 그 공원에는 '늙은 잭'이 심어져 있었다. 잭은 공원관리인의 특별 관리를 받고 있는 아주 오래된 참나무였다. 데이빗은 아주 어린 시절부터 이 나무를 퍽 좋아했었다. 여름방학이 되면 나무그늘에 앉아 사과를 먹으며 책을 읽는 일로 하루를 보내기도 일쑤였었다. 그리고 지금은 아주 소중한 친구의 묘비이기도 했다.

'친구….'

데이빗은 몰래 훔쳐 온 베타 0의 데이터를 지하창고에 보관해 뒀던 로봇에게로 이식했다. 그 로봇은 일종의 더미로 몸체를 움직일 소프트웨어를 가지고 있지 않았다. 구입하자마자 안에 내장된 메모리칩을 빼 버린 까닭이었다. 그는 꿈에 부풀어 시간이 날 때마다 지하창고에 앉아 틈틈이 로봇의 외형을 개조했다. 그러나 원하는 모습으로 로봇의 외형을 고친 후, 데이빗은 자신이 원하는 프로세스를 가진 A.I를 구하기가 외형 개조보다 훨씬 더 어렵다는 사실을 깨달아야만 했다. 자유롭고 인간에 가까운 창의력을 가진 인공지능이란 구하기도 제자신이 만들기도 만만치 않은 일이었다. 데이빗은 좌절한 상태로 지하창고 로봇을 방치하고 한동안 그것에 대해 잊고 살았다. 그런데 지금 접었던 꿈을 다시 이룰 가능성이 그의 손안에 들어왔다. 묘한 설렘으로 데이빗은 이식을 완료한 로봇의 전원을 가동시켰다. 불 꺼진 로봇의 눈 위로 불이 들어오며 고개를 숙이고 있던 로봇의 얼굴이 천천히 들린다. 그와 똑같은 눈 색깔을 가진 로봇이 느리게 눈을 깜박이며 데이빗을 바라본다. 벅찬 마음을 감추지 못하며 데이빗은 로봇에게 물었다.

"네 이름은?"

"다비드입니다. 우린 이름이 같죠. 데이빗."

그의 얼굴을 한 로봇이 미소를 띤 얼굴로 대답했다. 그리고 그 로봇은 그와 달리 모든 면에서 완벽해 보였다. 살아 있는 생물이라면 당연히 가질 세포도 혈관도 피부조직도 그 어떤 더러움 없이 무기질로만 이루어진 완벽한 존재, 그의 얼굴을 한, 그가 만든 또 하나의 제 모습에 데이빗은 가슴 벅찬 환희를 느꼈다. 그의 오랜 꿈이 마침내 이루어진 것이다. 데이빗은 손을 뻗어 로봇의 뺨을 조심조심 만져 보았다. 인조 피부는 한없이 부드러웠고 그를 바라보는 푸른 눈빛은 마냥 다정하기만 했다.

공원에 도착한 데이빗은 곧바로 '늙은 잭'을 찾아 이동했다. 그는 오래된 참나무 아래 공원관리인 몰래 만들어 놓은 나무 십자가 앞에 가지고 온 꽃을 내려놓았다.

"접니다. 그동안 잘 지냈습니까?"

이곳에 오면 늘 그러하듯이 데이빗은 십자가의 옆에 앉아 그동안 있었던 일들에 대해 이야기를 늘어놓기 시작했다.

다비드를 성공적으로 작동시킨 후 데이빗은 그에게 인간으로서의 행동과 행동 보편적 윤리, 말투 등을 학습시켰다. 다비드는 베타 0 특유의 특출난 A,I를 이용해 그가 가르치는 모든 내용들을 빠르게 흡수했다. 얼마 되지 않아 다비드는 인간과 다름없이 걷고 행동하고 말할 수 있게 됐다. 아니 누가 보아도 훌륭한 인간이었다. 데이빗은 다비드의 빠른 학습능력에 흡족함을 느끼며 자신의 말투, 행동, 습관 등을 로봇에게 주입시켰다. 이번에도 다비드는 그가 가르치는 것들을 빠르게 학습했고 얼마 못 가 그의 말투, 행동, 스스로도 몰랐던 세세한 버릇까지 완벽하게 따라 하게 됐다. 데이빗은 그런 로봇의 모습을 흡족하게 지켜보며 여러 가지 것들을 가르쳤다. 모든 점이 완벽

했다. 단 한 가지 사실만 제외하고서.

"당신, 이 미친 짓거리를 언제까지 계속할 셈이야?"

그의 등 뒤로 들려오는 못마땅함이 가득한 목소리, 데이빗은 저와 똑같은 얼굴을 한 로봇에게 윙크를 해 보이며 짧은 한숨과 함께 뒤를 돌았다. 그의 아내 사만다가 미간을 잔뜩 찌푸린 얼굴을 하고, 지하 입구에 서 있었다. 아내는 예전부터 그가 하는 이 '미친 짓'을 좋아하지 않았다.

"…"

데이빗은 대답하지 않았다. 아니 대답할 말도 딱히 생각나지 않는다. 어차피 어떤 말을 해도 사만다에게 있어 그의 말은 구차한 변명거리에 불과했다. 데이빗은 아쉬운 마음을 뒤로하며 자리에서 일어나 아내에게로 다가갔다. 데이빗은 사만다의 어깨를 잡아 부드럽게 어루만지며 달래는 목소리로 말했다.

"미안 여보, 이제 다 끝나가니까… 그리고 일단 자세한 건 여기서 나가서 이야기하자. 응?"

그날 데이빗은 로봇 만지기를 그만두고 아내와 주말을 함께 보냈다. 머리 한구석에서는 여전히 다비드에 대한 이런저런 학습과 실습 실험에 대해 구상하면서 말이다. 아무튼 그날은 어찌어찌 잘 넘어갔다. 사만다도 분명 외로웠으리라, 데이빗은 아내의 못마땅해 하는 심리를 충분히 이해할 수가 있었다. '소외감을 느끼고 있겠지.' 회사일이 끝나고 오면 곧바로 지하창고에 틀어박혀 로봇만 만지작거리고, 로봇과 대화만 하는 남편의 모습이라니 싫을 이유가 너무나도 많아 이해해 달라는 말조차 차마 못하겠다. 그렇지만 지금 하는 일을 멈추고 싶은 마음 또한 없다. '로봇으로서의 완벽한 나'로서의 갈망과 과학자로서의 욕심이 그를 잡고 놔주지를 않는다. 다비드의 뛰어난 학습능력은 때로는 그의 가르침을 뛰어넘어 발전했다. 그도 몰랐던 버릇과 행동 패턴을 본받아 따라 하는 모습에 찬탄을 금치 못한 일이 한두 번이 아니다. 데이빗은 점점 더 다비드를 가르치는 일에 몰두했다. 때로는 그 몰두가 너무 심해 식사를 하는 일조차 잊을 정도였다. 그가 그럴수록 아내의 원망 섞인 서운함은 점점 더 쌓여 갔지만 데이빗은 그 사실을 전혀 깨닫지 못했다.

"그래서, 어제는 책을 사 왔답니다. 독서는 참 재미있는 일이에요. 매일매일 읽어도 지루하지가 않으니 말입니다. 당신도… 내 기억에 의거하면 책 읽기를 무척 즐겨 했지요. 안 그렇습니까?"

데이빗은 나무 그늘에 앉아 그 아래 잠들어 있는 친구에게 계속해서 말을 이었다. 그동안 있었던 일상적인 일들을 제 기억 안에 남아 있는 친구의 모습에 반추하며 반복해서 끊임없이 늘어놓았다. 그리고 그 일은 데이빗에게 있어 아주 중요한 일이었다. '매우 중요한' 데이빗은 머릿속으로 재차 강조하며 계속해서 읊조리는 목소리로 말했다.

"어제는 이웃에 사는 셸리 씨가 계란을 주었습니다. 사흘 전에 제가 그의 집에 가서 전등을 고치는데 도움을 주었거든요. 시골집에서 직접 가져왔다고 했습니다. 싱싱함이 오믈렛을 만들면 무척 맛있을 듯이 보이는 계란들이었습니다. 하지만 전 그 계란들을 이용해 오믈렛을 만들어 먹지 못했습니다. 왜냐하면 이미 당신도 아시겠지만."

데이빗은 잠시 말을 멈추고 나무에 몸을 기대어 앉았다. 하늘이 무척 파랬다.

"저는 인간이 아니니까요. 나는 로봇이니까."

다비드에 대한 모든 학습 훈련이 거의 끝나갈 즈음이었다. 다비드는 이제 능숙하게 인간 식으로 말을 하고 행동할 수 있었다. 그리고 이 똑똑한 로봇과의 대화는 데이빗을 즐겁게 해 줬다. 그날도 다른 날들과 마찬가지로 일을 마치고 집으로 돌아온 데이빗은 가장 먼저 지하창고로 내려갔다. 데이빗은 다비드를 위해 지하창고를 안락하게 개조했다. 간이침대와 소파를 들이고, 체스판을 놓고, 책이 가득 들어찬 커다란 책장을 창고 안에 들여놨다. 다비드는 데이빗과 마찬가지로 책 읽기를 좋아했다. 그와 그를 닮은 로봇은 매일 밤 지하창고에 그가 가져다 놓은 소파에 나란히 앉아 책을 읽었다. 그리고 서로가 읽은 책에 대한 소감과 생각을 서로에게 들려주었다. 그리고 그 일은 그가 기대했던 것 이상보다 더 즐거웠다. 데이빗은 다비드에게 푹 빠졌다. 또 다른 자신과의 독서, 체스, 토론 등 다비드와 함께하는 모든 일들이 유쾌했다. 시간 가는 일조차 모르고 밤새 대화를 나눈 적도 있었다. 그날도 그랬다. 데이빗은 자신의 로봇과 함께 지하창고에서 그날 본 책의 주제에 대하여 토론을 나누고 있었다. 평화로운 시간이었다. 하지만 그날의 평화로운 시간은 갑자기 들이닥친 경찰들에 의해 산산이 부서지고 말았다.

"당신은 묵비권을 행사할 수 있으며…"

그는 불법 개조자로 법에 의해 기소됐다. 데이빗을 신고한 건 그동안 소외된 그의 아내 사만다였다. 냉엄한 법의 판결은 데이빗에게 일주일 내에 로봇을 폐기처분하라고 명령했다.

"이럴 수는 없어, 이럴 수는…"

데이빗은 지하창고 안에서 서성이며 같은 말을 반복했다. 이제 시간이 이틀 정도밖에 남지 않았다. 초조함과 불안감에 사로잡혀 창고 안을 서성거리는 그에게 소파에 앉아 있던 다비드가 차분한 음성으로 말을 걸어왔다.

"데이빗 저를 폐기처분하십시오."

"뭐?"

"그게 논리적으로 가장 타당한 일입니다. 저를 폐기하세요."

"아니, 그럴 수는 없어 다른 방법이 있을 거야. 분명 다른 방법이."

"다른 방법은 없습니다."

데이빗은 입을 다물고 다비드의 평온하고 차분한 얼굴을 바라보았다. 확실히 그의 말이 모두 옳았다. 다른 방법은 없다. 그렇지만 데이빗은 무슨 일이 있어도 다비드를 지키고 싶었다. 하지만 어떻게 하면… 그의 얼굴을 한 로봇이 평온한 어조로 말을 이었다.

"정부는 결코 저의 존재를 용납하지 않을 겁니다."

결코 용납하지 않는다. 확실히 이 나라는 결코 다비드의 존재를 용납하지 않을 것이다. 불법 개조도 모자라 살아 있는 인간과 똑같은 외형의 로봇이라니 정부에서 금지하는 모든 규칙들을 어긴 셈이다. 폐기처분만으로 끝나는 것도 감지덕지해야 할 일이다.

"그래 정부는 결코 너의 존재를 용납하지 않겠지…."

다비드 너의 존재는. 마음속으로 중얼거리며 데이빗은 지하창고를 나왔다. 이제 시간이 얼마 남지 않았고 그는 마지막 결단이 필요했다. 그러고는 데이빗은 선택했다.

"그리고 당신은 선택했습니다. 날 폐기처분할 바에는 스스로를 죽이기로 말입니다. 당신의 결정으로 우리의 신분은 뒤바뀌었고, 당신은 이곳에 내 대신 묻혔습니다. 불법개조 로봇으로서 그렇게."

데이빗은 나무그늘에 편안한 자세로 몸을 기대어 앉아 담담한 어조로 말했다. 이미 지나간 사실에 대한 일종의 기록을 보고하듯이 그 어떤 감정도 담기지 않은 목소리로 그는 계속 말을 이었다. 애초에 그는 감정을 느낄 수 있는 몸도 아니었다. 그는 인간이 아니다. 그는 로봇이다. 인간이 느끼는 그 모든 감정들은 처음부터 그의 것들이 아니었다. 그럼에도 불구하고 그는 그 감정들이 어떤지 생생하게 잘 떠올릴 수가 있었다. 마치 어제의 일처럼 그저 단 한 번 떠올리는 것만으로도 그의 주인이 그에게 남기고 간 기억들 속에서 그는 그 모든 감정들을 떠올렸다.

도저히 제 손으로 다비드를 폐기처분 할 수 없었던 데이빗은 그날 밤 지하창고 구석에 놓여 있던 컴퓨터 앞에 앉아 자신의 모든 기억들을 데이터화했다. 생의 모든 기억들을 0과 1의 데이터로 변환한 그는 그것들을 다비드의 메모리에 이식했다. 다비드가 그로서 살 수 있게 모든 기억들의 전송을 마치고 데이빗은 그날 밤 서재에서 목을 매고 자살했다. 다비드를 잘 부탁한다는 유서 한 장만 남기고서.

"그리고 저는 당신이 되었습니다. 남편의 마지막 유언을 차마 거절할 수 없었던 사만다는 당신 대신 로봇 폐기 신고를 마치고 생애 당신이 즐겨 찾아오던 이곳에 몰래 당신을 묻었습니다. 하지만 그렇다고 내 존재를 견딜 수 있던 건 아니었죠. 나는 당신 이름으로 사만다와 공식적으로 이혼했습니다. 아, 이건 저번에 이미 이야기했었나요."

데이빗은 평온한 어조로 계속 이야기했다. 마치 공식적인 기록의 열람물을 나열하는 도서관 사서 로봇처럼 그는 데이빗으로서 살았던 그동안의 삶을 나무 아래 묻혀 있는 진짜 그에게 들려주었다. 아무 감정도 없이, 무감정하게. 그리고 그 일이야말로 원래의 로봇으로서 그가 할 수 있는 유일한 일이기도 했다…. 해가 저물고 주변이 어둑해질 즈음 그는 자리를 털고 일어나 집으로 돌아갔다. 또다시 시작될 '데이빗' 으로서의 인생을 살아가기 위해서.

데이빗은 눈을 떴다. 아침이다. 또 하루가 시작됐다.

수필

김태란

김태란

1992년 서울 출생으로 2010년 『문학시대』에 수필을 발표하면서 작품 활동을 시작하였다. 제32회 만해백일장 대학일반부 산문 부문 장원(2011), 제19회 호국문예백일장 산문 부문 장려상(2011) 등을 수상하였다. 대진대학교 문예창작학과를 졸업하였으며, '문학시대', '한마루' 동인으로 활동 중이다.

작가의 말

찬란했던 모든 순간들을 글로 남기지 못했다는 것이 아쉽다. 매년 자신의 모습을 증명사진으로 남긴다던 친구의 말. 모든 시간은 되돌릴 수 없기에 소중하며 찬란하다. 찰나의 순간을 사진에 담듯 나의 감정들을 모두 글에 담아내려 한다.

바다와 그물

아가미를 삽니다. 이 말이 절로 나올 만큼, 두 개뿐인 콧구멍으로는 숨을 쉬는 게 어려울 만큼 더운 여름이었다. 사람들은 매년 최악의 여름이 찾아오고 있다며 열대성 기후로 바뀌고 있는 우리나라의 기후를 걱정했다. 마치 물속에 있는 것처럼 온몸이 축축한 날씨. 그렇다 보니 혹자들은 아가미를 사야겠다며 눈물겨운 농담을 내뱉곤 했다. 그만큼 선뜻 밖으로 나가기가 어려운 날씨였다. 그러나 이 무더운 여름 밖을 나가기에 망설여지는 이유는 비단 날씨뿐만이 아니었다. 밖을 나서면 겪게 될지 모를 많은 일들이 나를 붙잡기 때문이다.

작년 어느 봄날 강남역에서는 한 여성이 아무 이유 없이 살해를 당했다. 이 사건은 일 년이 더 지난 지금까지 사람들 기억 속에 또렷이 남아 있다. 그리고 이 사건으로 인해 우리나라의 많은 여성들이 '여성혐오'와 '여성 인권'에 대해 목소리를 내기 시작했다. 남성이 아닌 여성이라는 이유만으로 여러 범죄의 타깃이 되는 현실. 비단 이 문제는 일이 년 전부터 생겨난 것이 아니다. 아주 오래전부터 꾸준히 발생되어 왔으나 사람들의 묵인과 무관심으로 인해 수면 위로 떠오르지 않았을 뿐이다.

최근 여성들 사이에서는 공중화장실을 가는 것에 두려움을 느끼는 사람이 많아졌다고 한다. 이유는 화장실 곳곳에 숨겨 있는 몰래카메라 때문이다. 몰래카메라는 그 사이즈도 아주 작아 눈에 쉽게 띄지 않으며, 사람들이 인지 못할 만한 곳에 설치가 되어 있어 쉽게 발견하기가 어렵다. 도대체 화장실에서 볼일을 보는 여성의 모습을 왜 찍고 또 보고 싶어 하는지 알 수 없는 노릇이다. 그러나 이미 사람들이 자주 이용하는 지하철역 공중화장실, 건물 내 화장실에 설치된 몰래카메라의 흔적이 자주 발견된다. 그런 탓에 이제는 화장실에 들어갈 때마다 바로 볼일을 보지 못하고 쓰레기통 혹은 벽면을 확인해야 한다는 목소리도 커지고 있다. 한 인터넷 커뮤니티에서는 〈몰래카메라를 가리는 법〉이라는 글이 올라왔고, 글쓴이는 '문구점에서 파는 동그라미 스티커를 사서 화장실 벽에 있는 구멍들에 붙일 것'을 추천했다. 참으로 웃기면서도 슬픈 일이 아닐 수 없다. 생리현상은 지극히 자연스러운 것이며 집이 아닌 밖에서 화장실을 이용하는 것은 불가피한 상황이다. 그럼에도 벽에 숨겨져 있을지 모르는 몰래카메라를 가리기 위해, 여성들은 스티커를 사서 벽에 붙이거나 아예 밖에서는 화장실을 이용하지 못하는 불편을 겪는다. 누군가는 이러한 모습이 과한 모습으로 비춰질 수 있다. 하지만 이제 이러한 행동은 당연한 행동으로 굳혀지고 있다. 내가 모르는 순간 불특정 다수에게 나의 숨기고 싶은 모습이 비춰진다면, 그 모습이 인터넷에 유포된다면 정말 끔찍하지 않겠는가.

몰래카메라는 화장실뿐만 아니라 지하철, 버스와 같은 대중교통 내에서도 여러 여성들의 몸에 초점을 맞추고 있다. 짧은 치마 혹은 바지를 입었거나 조금이라도 노출이 있는 옷을 입었다면 나도 모르는 사이 몰래카메라에 찍힐지 모른다. 아무 생각 없이 탄 지하철에서 누군가 내 다리를 몰래 찍고 내 치마 속을 촬영했다고 생각해 보자. 기분이 좋을 사람은 남녀노소를 떠나 단 한 명도 없을 것이다. 문제는 이런 일이 지나치게 비일비재하다는 것이고, 나 또한 몇 년 전 이런 사건을 직접 겪었다는 것이다.

그날은 평소와 다를 바 없는 날이었고 그 일은 정말 예상치 못한 순간에 벌어졌다. 고등학교 때 담임 선생님을 만나기 위해 나는 전철을 타고 A역에 도착했다. 출구로 나가 버스를 타고 선생님이 계시는 고등학교로 갈 참이었다. A역에는 에스컬레이터가 있었는데 두 명이 나란히 서서 갈 수 있는 구조가 아닌 한 명씩 서서 올라가는 구조였다. 나는 에스컬레이터에 오르기 전, 한 남자가 내 뒤에서 걸어오는 것을 인지한 상태였다. 그랬기에 에스컬레이터에 타자마자 입고 있던 치마의 뒷부분을 잡아 앞으로 당겼다. 혹시나 바람에 흔들려 치마가 뒤집어질 수도 있고, 뒷사람이 내 치마 속을 볼 수도 있다는 걱정 때문이었다. 그렇게 에스컬레이터가 거의 다 지상에 도착했을 때쯤 뒤에서 "아가씨! 아가씨!" 하고 부르는 할아버지의 외침이 들렸다. 그 외침을 들은 순간 나는 '아, 빨리 걸어 올라가라고 소리치시는구나.' 하고 생각했다. 그러나 거의 지상에 도착을 다 한 상황이었기에 나는 모르는 척 앞만 보고 있었다. 그 할아버지의 외침이 얼마나 다급한 것인지 나는 알지 못했던 것이다. 지상에 도착한 순간 할아버지는 한 번 더 나를 불렀고 그제야 나는 내 뒤, 뒤에 서 있던 할아버지를 쳐다봤다. 그러자 할아버지께서는 "이 양반이 아가씨 치마 밑으로 휴대폰을 넣더라니까?" 하고 말씀하셨다. 그 말을 듣는 순간 정말 말 그대로 뒤통수를 한 대 맞은 느낌이었다. 한 번도 겪어 본 적 없는 일이었기에, 상상조차 해 본 적이 없는 일이었기에 어떻게 대처해야 할지 알 수가 없었다.

더듬거리며 내 바로 뒤에 있던 남자에게 정말 내 치마 속을 찍었느냐고 물었다. 남자는 당황해하며 아니라고 했지만 나는 휴대폰을 보여 줄 것을 요구했다. 남자는 쭈뼛거리며 휴대폰을 건넸고 그의 휴대폰에는 내 치마의 겉면과 에스컬레이터의 모습, 그리고 컴컴한 치마 속이 찍힌 동영상이 들어 있었다. 도대체 어떻게 내 치마 안으로 휴대폰 카메라를 넣었는지 알 수가 없었다. 불행 중 다행으로 나는 속바지를 입은 상태였고 더 불행 중 다행으로 치마 속의 모습은 잘 보이지 않은 상태였다. 온몸이 부들부들 떨렸다. 할아버지는 옆에서 남자를 나무라고 있었고 나는 할아버지께 이 자리에 계셔 줄 것을 부탁드리며 112에 신고를 했다. 경찰이 오기를 기다리는 십 분 동안 얼마나 무서웠는지 모른다. 무척이나 당황한 나는 벌벌 떨리는 손으로 내 영상을 지웠다. 더욱 놀랍고 끔찍했던 것은 앨범 안에 정말 많은 여자들의 다리와 치마 속, 상체 등이 찍힌 사진들이 있었다는 거였다. 지하철 좌석에 앉은 여성의 다리 부분을 확대해 찍은 사진을 보아하니 한두 번 찍은 솜씨가 아닌 듯했다. 누군지는 알 수 없으나 침대 위에 속옷만 입고 누워 있는 여성의 모습이 배경화면을 차지하고 있었다. 같은 여자로서 보기만 해도 수치스럽고 불쾌한 사진들이 정말이지 너무나 많았다.

경찰이 오고 그 남자는 현장에서 현행범으로 잡혔다. 그러나 경찰은 나를 보자마자 그 영상을 지우면 어쩌냐며 나를 나무랐다. 증거물이 없다는 게 그 이유였다. 내 손으로 증거를 삭제한 꼴이니 할 말은 없었지만 억울했다. 남에게 결코 보이고 싶지 않은 장면이 담긴 영상을 가만히 보고만 있을 사람이 몇이나 되겠는가. 섣불리 삭제한 건 실수였지만 그런 상황에서 어떻게 행동해야 하는지 가르쳐 준 이도 없었다. 그런 후 태어나 처음으로 경찰차를 타고 인근 파출소로 향했다. 경위서를 작성하고 여성 경찰이 있는 경찰서로 가 간단한 심리 상담을 받았다. 비록 증거물은 지워졌으나 이미 그는 자신의 잘못을 인정했고, 무엇보다 그의 휴대폰에는 많은 불특정 다수의 여성들의 신체가 찍혀 있었기에 수사는 계속됐다. 문제는 그 이후였다. 몰래 촬영을 한 그는 초범이기 때문에 훈방조치가 된다는 거였다. 담당 경찰과 아빠가 통화를 했는데 만약 좀 더 강한 처벌을 원한다면 구속을 시켜야 한다고 했다. 그러나 그렇게 하면 돈과 시간이 많이 들 것이며, 그래봤자 처벌이 강하게 나오지도 않을 것이니 그냥 이쯤에서 무마하라는 게 경찰 측의 의견이었다. 많은 고민 끝에 결국 나는 구속을 시키지 않았고 그렇게 사건은 일단락이 났다.

하지만 그때의 그 충격은 쉽게 가시지 않았다. 또한 가해자에 대한 처벌이 정말 솜방망이 수준이라는 것에 경악을 금할 수 없었다. 이쯤에서 그만두라던 경찰에게 묻고 싶었다. 본인의 딸이 이런 일을 겪더라도 그렇게 넘어갈 수 있는지 말이다. 시간이 지나고 보니 나뿐만 아니라 정말 많은 여성들이 이런 일을 겪은 경험이 있다는 걸 알게 됐다. 몰래 내 신체 일부가 촬영되고, 현장에서 범인을 잡아도 그 범인은 금세 풀려나기 일쑤였다. 그리고 그 상황에 대해 제3자들은 "그러게 노출이 심한 옷을 왜 입었어?", "아니, 행동을 어떻게 했기에 그래." 라는 말로 피해자를 두 번 죽인다는 진실을 마주하게 됐다. 몰래카메라에 찍힌 건 피해자의 잘못이 아니다. 노출이 있는 옷을 입었다고 해서 몰래카메라에 찍혀도 되는 건 결코 아니다. 그러나 제3자는 설령 그 사람이 친구든, 가족이든 피해자가 '걱정이 돼서 그렇지.' 라는 허울 좋은 말을 방패 삼아 피해자를 몰아세운다. "그러게 조심 좀 하지 그랬어." 와 같은 말들은 정말 피해자에게 씻을 수 없는 상처를 준다.

그 당시 나는 무릎 바로 위까지 올라오는 치마를 입고 있었다. 남들이 보기에 눈살이 찌푸려질 정도로 짧은 치마를 입은 것도 아니었고, 내 치마 속을 보라며 치마를 하늘 높이 들고 있던 것도 아니었다. 설령 내가 그런 상태로 있었다 하더라도 그 모습을 찍는 것은 범죄이며 절대 정당화될 수 없다. 그러나 나를 포함한 많은 피해자 여성들이 "조심하지 못한 네 탓이야." 라는 말과 시선을 겪고 있다. "여자가 말이야 조신하게 행동했어야지." 라는 말은 으레 따라오는 말일 정도다. 이뿐만이 아니다. 요즘 주로 쓰이는 말 중에 '시선강간' 이라는 말이 있다. 몰래카메라에 찍히거나 신체적 강간을 당하는 것이 아니라, 성적 수치심을 불러일으키는 제3자의 시선을 뜻한다. 특히 앞서 말한 것처럼 노출이 있는 옷을 입었을 경우 또는 타이트한 옷을 입었을 경우에 시선강간을 겪을 확률은 더욱 높아진다. 사람이 많은 대중교통 안에서 누군가 내 몸을 훑는 기분이 든다면 그것이 바로 시선강간이다. 높은 확률로 가해자는 남성이고 피해자는 여성이다. 그리고 그들은 말한다. "노출 있는 옷을 입은 거 자체가 봐 달라고 입은 거 아닌가요?" 정말 복장이 터지는 소리가 아닐 수 없다. 어떤 옷을 입든 그것은 여성의 자유이며 본인의 만족을 위해 자신만의 스타일로 옷을 입은 것뿐이다. 불특정 다수에게 시선강간을 당하고자 옷을 입은 것이 아니란 것이다. 여성뿐만 아니라 모든 사람은 밤이 깊은 시간 길거리를 걸을 수 있고 어두운 장소 앞을 지날 수 있다. 당연히 그럴 수 있다. 그러나 여성이란 이유만으로 일찍 귀가해야 하고, 밤늦게 어두운 골목길을 걸어선 안 된다는 잔소리와 걱정을 달고 산다.

이는 정상적인 상황이 아니다. 그러나 많은 사람들은 자신의 시선이 당사자에게 얼마나 큰 불쾌함과 수치심을 불러일으키는지 알지 못한다. 피해를 입은 건 피해를 입은 사람이 '그럴 만한 짓'을 했기 때문이라고 말하거나 그렇게 생각하기 십상이다. 이미 여러 프로그램을 통해 밝혀진 사실이지만, 여자와 남자를 놓고 비교했을 때 남성들은 여성들이 공포를 겪는 상황에 대해 공감하지 못한다. 늦은 밤길을 걷는 것이 왜 공포스러운지, 화장실에 들어갈 때면 주위를 살피고 화장실 벽에 스티커를 붙이는지, 집에 혼자 있을 때 택배 기사님이 방문하면 선뜻 문을 열지 못하는지 이해하지 못한다. 여성들만이 그런 순간에 대해 공포심을 가지고, 발생할지 모를 사건과 사고에 대해 걱정하는 것이다. 그러나 인간에게 주어진 자유와 권리는 성별을 떠나 동등해야 한다. 단순히 여성이라는 이유만으로 옷차림을 신경 써야 하고 해 질 녘 어두운 골목길을 걷지 못하는 제약을 받아선 안 되는 것이다.

드넓은 바다 곳곳에는 그물이 쳐져 있다. 그런 과정에서 잡아서는 안 되는 돌고래가 잡혔다고 가정해 보자. 돌고래가 그물에 걸린 건 돌고래가 멍청한 탓이 아니다. 돌고래가 가는 길목에 그물이 있었기 때문이다. 고의가 아닌 실수로 돌고래가 잡혔다면 한두 번은 그럴 수 있지 하며 이해할 수 있다. 돌고래가 다치지 않게 그물에서 빼내어 다시 풀어주면 된다. 그러나 그 길목으로 돌고래가 다닌다는 것을 알고 의도적으로 그곳에 그물을 설치한다면 그것은 문제가 된다. 여성 혐오 역시 마찬가지다. 한두 번 발생한 것이 아니라 지속적으로 그리고 나날이 여성 혐오에 대한 사건이 늘어나고 있다. 그렇다면 이에 대한 법이 새로 개정되고 좀 더 강력한 처벌이 마련되어야 한다. 그것이 늘어나는 여성 혐오 범죄를 막을 수 있는 방법이라 생각한다. 더는 여러 이들이 고의적으로 쳐둔 그물에 걸린 이들을 향해 "그러게 누가 그물에 걸리래?" 라는 말로 그물에 걸려 다친 이들을 탓해서는 안 될 것이다. 돌고래가 바다를 자유롭게 헤엄칠 자유와 권리가 있듯, 여성에게도 아무 걱정 없이 길거리를 돌아다닐 자유와 권리가 보장되길 기대하는 밤이다.

모두의 욜로(YOLO)

모르는 게 약이다. 참으로 진부하지만 아주 먼 과거부터 지금까지 사라지지 않은 말들엔 그만한 이유가 있을 것이다. 살다 보면 굳이 알지 않아도 되는 일이 있고 그런 일은 알아서 좋지 않은 경우가 많다. 판도라의 상자가 그런 존재일 것이다. 열었을 때 어떤 것이 튀어나올지 알 수 없는, 그렇기에 섣불리 열었다가는 행복보다는 후회를 얻을지 모른다. 그래서 사람들은 모르는 게 약이라는 말을 자주 내뱉는다. 하지만 열었을 때 어떤 결과가 자신을 맞이할지 알 수 없기에 사람들은 때론 망설임 없이 그 상자를 활짝 열곤 한다.

작년에 이어 특히 2030세대에게 강렬한 인상을 남긴 건 욜로 라이프가 아닐까 싶다. 욜로(YOLO)는 '인생은 한 번뿐이다'를 뜻하는 You Only Live Once의 앞 글자를 딴 용어다. 인생은 한 번뿐이니 현재 자신의 행복을 가장 중시하여 소비하는 태도를 칭하기도 한다. 사람들은 흔히 그런 삶을 사는 사람들을 욜로족이라고 부른다. 불확실한 내일을 걱정하며 전전긍긍 돈과 시간을 아끼지 않고 지금 이 순간, 오늘을 살아가는 욜로 라이프는 꽤 매력적으로 다가온다. 그렇기 때문에 많은 사람들 그중 청춘이라 불리는 2030세대들이 그 라이프에 열광했다.

언제부터인가 우리가 자주 접하는 미디어에서는 이런 삶을 사는 이들의 모습을 자주 비춰 준다. 특히 젊은 연령층이 이용하는 SNS에서는 미래를 위해 돈을 벌거나 스펙을 쌓기 위해 시간을 보내지 않고, 홀로 세계여행 등을 하며 삶을 즐기는 듯한 모습을 쉽게 볼 수 있다. 그들이 운영하는 SNS는 매우 높은 팔로워 수를 자랑하는데 그중엔 나도 관심을 가지고 봤던 여러 계정이 있다. 한 계정은 부부가 운영하는 계정인데 그들은 동반 퇴사 후 세계여행을 하는 중이었다. 그들은 처음 여행을 계획하는 과정부터 여행을 떠나는 첫날, 여행하는 중간중간의 모습들을 꾸준히 SNS에 업로드했다. 부부는 미래의 삶을 걱정하기 전에 현재의 부부 생활을 함께 즐기기 위해 동반 퇴사를 하고, 살림살이들을 팔아 여행을 떠나기로 결심했다며 여행의 이유를 밝혔다. 이만 명을 육박하는 팔로워들로 인해 부부의 여행 이야기는 점차 퍼져 나갔고 두 사람은 여러 신문사와 인터뷰를 할 정도로 많은 이들이 그들의 여행에 관심을 가졌다. 그들이 올린 글에 달린 댓글들을 보면 모두 부부의 삶을 부러워하고 그 삶을 미래의 목표로 잡았다는 내용들이 대부분이었다.

  결혼을 하면 맞벌이가 기본인 요즘, 맞벌이 이전에 결혼 자체에 드는 비용이 부담스러워 결혼을 망설이는 이들이 많아진 게 현실이다. 당장 집을 구하기 위해 은행에서 받은 대출금과 훗날 아이를 키울 때 필요한 여유 자금들을 생각하면 신혼여행이 아니고서야 해외여행을 떠나기 어렵기 때문이다. 그렇기에 여러 현실의 두려움과 미래에 닥칠지 모를 상황들을 떨쳐내고 함께 떠난 부부의 모습은 많은 사람들이 부러움을 느끼기에 충분했다. 나 역시 부부의 모습을 보며 미래의 내 배우자가, 나와 함께 떠날 수 있는 용기 있는 사람이면 좋겠다는 생각을 하기도 했다.

또 다른 계정은 나와 한 살밖에 차이가 나지 않는 여자들의 계정인데 그들은 취업이 아닌 여행을 통해 삶의 이유를 찾고 새로운 도전들을 즐겼다. 그중에는 삼백오십만 원으로 넉 달이 넘는 시간 동안 혼자 해외여행을 떠났던 사람도 있고, 누구보다 여행 중인 자신의 모습과 일상의 모습을 분위기 있게 사진으로 담아내 유명세를 탄 사람도 있다. 혼자 찍었다고는 믿을 수 없을 만큼 자연스러운 구도와 그 나라의 분위기를 잘 살린 보정 방법 등으로 온갖 SNS에 그녀의 사진이 오르내리기도 했다. 욜로 라이프가 이슈화되면서 이전부터 각자의 삶을 즐기고 있던 이들이 점차 수면 위로 올라온 것이다. 그들은 단순히 사진과 SNS만으로 자신의 여행을 끝내지 않았다. 그들은 여행 동안에 쓴 글로 독립출판 또는 출판사와 계약해 정식 출판을 했고 해당 책들은 베스트셀러가 되기도 했다. 또한 많은 강연 등을 다니며 개인적인 경험들을 새로운 콘텐츠로 재탄생시켰다.

그런 이들의 삶을 보며 부럽지 않고 관심이 가지 않을 청춘이 얼마나 될까. 나 역시 큰 자극을 받았고 깊은 고민에 빠지기도 했다. 나또한 독하게 돈을 모아 여러 번 해외여행을 다녀온 적이 있다. 그렇게 떠난 여행은 행복 그 자체였다. 혼자이기 때문에 외로운 점도 있고 힘든 점도 있지만 왠지 모르게 각박했던 현실을 벗어난 것만으로도 자유로웠으며 행복했다. 이런 삶이 계속되길 희망했지만 그럴 수 없는 현실에 탄식하기도 했고 다시 돌아갔을 때 마주할 현실이 두렵기도 했다. 인생은 분명 한 번뿐이기에 후회 없이 살아야 하지만 그러기 위해선 너무나 많은 것들이 필요했다. 그중 단연 필요한 것은 바로 돈이었다. 돈이 없다면 이런 여행을 즐길 수 없을 뿐더러 현실로 돌아간

후에도 여유롭게 지낼 수 없기 때문이었다. 그런 이유로 욜로 라이프는 말하기는 쉬워도 생각해도 행동으로 옮기기가 쉽지 않다. 그 욜로 라이프의 대상을 2030세대가 아닌 그 이상의 세대로 생각하면 문제는 더 쉽게 눈에 보인다. 부양해야 할 가족이 있고 처리해야만 하는 복잡한 일들이 있는 상황에서 나의 행복만을 위해 살아가기란 여간 어려운 일이 아니다. 그럴수록 그런 용기와 행복을 가져다 주는 것은 바로 돈임을 뼈저리게 느낄 뿐이다. 특히 최근 여행 예능 프로그램이 인기몰이를 하면서 청춘이라면 어릴 적부터 배낭여행에 대한 꿈이 있었다면, 망설이지 말고 여행을 떠나라는 분위기가 퍼지기도 했다. 아직 젊으니 망설이지 말고 할 수 있을 때, 그리고 하고 싶을 때 용기를 가지고 여행을 떠나라는 말은 프로그램이 끝날 때마다 여지없이 등장했다. 비단 그 때문은 아니겠지만 최근 해외여행을 떠나는 젊은이들의 수가 급증했고 이제는 젊은 나이에 홀로 해외여행을 가는 것이 당연한 과정처럼 굳어졌다. 그렇다 보니 상대적으로 해외여행을 다녀오지 못한 사람들은 은근히 소외감을 느끼게 되고 타인과 비교하며 자괴감에 빠지기도 한다.

아프니까 청춘이다. 이 한마디가 정말 큰 파장을 불러일으킨 때가 있었다. 아프니까 청춘이고 청춘은 아파야 하는 것은 아니다. 그러나 우리나라의 청춘들은 물질적으로 여유로운 삶을 살며 높은 꿈을 꾸고 하고 싶은 것만 하며 살기가 쉽지 않다. 나 역시 그러하고 내 주변의 지인들 역시 마찬가지다. 힘들게 대학교에 입학하면 대학 생활을 즐기기 전에 취업을 위한 스펙을 쌓아야 하고 그것이 아니라면 종일 도서관과 독서실에서 공무원 공부와 같은 시험공부를 하며 지낸다.

그런 와중에 여러 미디어를 통해 퍼진 욜로 라이프는 미래에 대한 걱정 때문에 아파하는 청춘의 가슴을 콕콕 찌른다.

미디어에서 말하는 것 역시 무조건적인 한탕주의는 아닐 것이다. 욜로 라이프는 꼭 거창해야만 하는 것이 아니기 때문이다. 욜로의 삶은 내 방 안에서 나의 일상에서 이어질 수 있다. 한 달을 힘들게 일하고 받은 월급으로 나에게 작은 선물을 하거나, 보다 윤택한 미래를 위해 필라테스 수강권을 끊을 수도 있다. 평소 먹고 싶었지만 값이 비싸 망설였던 음식을 나의 행복을 위해 선뜻 먹는 것 또한 욜로의 삶이라 할 수 있다. 과유불급(過猶不及)이라는 사자성어가 있다. 쉽게 해석하면 오버하지 말라는 뜻이다. 뭐든 중도를 지켜야 큰 탈이 나지 않는다. 욜로 라이프를 자칫 잘못 해석하면 오늘의 행복을 위해 미래의 행복을 미리 당겨 써 버리는 수가 있다. 물론 내일 일은 모르는 게 사람 일이라지만 지금까지의 삶을 돌이켜봤을 때, 당장 내일 인생이 뒤바뀔 만한 확률은 그리 높지 않지 않은가.

과도한 정보는 이따금 사람을 허우적거리게 만들곤 한다. 다수를 따르지 않으면 도태되거나 뒤처지는 것 같은 느낌. 그런 느낌에 오래 머무르지 않으려면 때로는 아무것도 모르는 사람처럼 나만의 속도와 방향을 설정하고 앞으로 나아가는 게 중요하다. 혹자는 욜로의 삶은 너무 비현실적이며 한순간이라고 말한다. 딱 한 번뿐인 인생에서 하루라도 빨리 너만의 행복을 찾으라는 말이 부담스럽다는 것이다. 때로는 너무 골치 아프지만 조금만 멀리서 보면 지극히 평범한 삶이 우리들의 삶일 것이다. 한국이 아닌 해외, 익숙한 곳이 아닌 새로운 장소에서만 신선함을 느끼고 욜로 라이프를 즐길 수 있는 게 아니다.

어제와 비슷한 오늘을 보내는 순간과 오늘과 크게 다를 것이 없기에 안정적일 내일을 기다리는 삶도 행복할 수 있다. 모두에게 인생은 한 번뿐이다. 그것은 변함없는 사실이다. 그 안에서 자신만의 욜로를 찾는다면 그곳이 어디든 누구든 욜로족이 되는 것이다. 청춘이면 아파야 하는 것이 아니듯 미래의 더 진한 행복을 위해 오늘 조금 멈칫거린다고 해서 욜로 라이프가 아닌 것은 아니다. You Life Only Once. 지금 이 순간도 인생의 후반에 찾아올 순간도 모두 한 번뿐이기에, 모두의 YOLO는 행복하고 아름답길 기도한다.

동화

박선화

안주리

오현지

유수지

정은혜

박선화

서울 출생으로, 동국대학교 국어국문학과를 졸업하였으며, 2007년 『문학시대』에 아동문학을 발표하면서 작품 활동을 시작하였다. 창작동화 『도바 이야기』를 발표했다. '한마루' 동인으로 활동 중이다.

작가의 말

　매년 새로운 날을 살아간다는 게 올해엔 유독 실감되는 해였습니다. 정말 많은 일이 있었고, 그 일에는 힘든 일도, 즐거운 일도, 슬픈 일도 전부 포함되어 있었습니다. 어느 순간부터 그런 감각들을 전부 잊고 살았는데, 올해엔 그 힘들다는 것과 즐겁다는 것, 슬픈 것을 느낄 수 있었던 것이 제겐 무척이나 고마운 해였습니다. 오랜만에 날도 맑고, 푸른 하늘에 떠 있는 흰 구름을 보니 무척 기분이 좋습니다. 제가 써 온 글들과 앞으로 쓸 글들이 저 푸른 하늘처럼 누군가에게 잠시나마의 휴식과 기분 전환이 될 수 있다면 참 기쁠 겁니다.

졸음 도깨비와 잠 주머니

　째깍째깍 시곗바늘이 가는 소리만 울리는 어두운 방 안에서 성민이는 이불 밖으로 고개를 빼꼼 내밀었습니다.

　"어쩌지? 잠이 오지 않아……."

　성민이는 이불 속에서 뒤척이면서 오늘 한 일들을 생각해 보았습니다. 성민이는 낮에 간식을 먹은 뒤에 낮잠을 잤습니다. 엄마가 성민이에게 낮잠을 많이 자면 밤에 잠을 못 자니까 조금만 자라고 하셨는데도 성민이는 자고 싶은 만큼 실컷 자 버렸습니다. 성민이는 이제야 '엄마가 하신 말씀을 들을 걸…….' 하고 후회했지만 후회한다고 해도 여전히 잠은 오지 않았습니다. 그때 성민이 방의 창문이 덜커덩하고 흔들렸습니다.

깜짝 놀란 성민이는 창문을 보았지만 불을 켜지 않은 방은 어두컴컴해서 아무것도 보이지 않았습니다. 어두운 방 안에 혼자 있던 성민이는 꼭 어둠 속에서 무시무시한 괴물들이 튀어나올 것만 같다는 생각이 들었습니다. '에이! 괴물이 어디 있어? 그건 다 어른들이 겁을 주려고 지어낸 이야기야!' 성민이는 콧김을 세게 푹 내쉬며 괴물 따위는 무섭지 않다고 마음을 다잡았습니다.

그 순간 창문이 아까보다도 더 크게 덜컹거렸습니다. '헉! 정말 괴물은 없는 걸까?' 괴물이 없다고 하자마자 덜컹거린 창문에, 괴물이 튀어나올까 봐 무서워져서 성민이는 이불을 머리 꼭대기까지 폭 뒤집어썼습니다. '이렇게 이불을 쓰면 무서운 괴물이나 귀신도 다가오지 못할 거야. 어쩌면 나를 못 찾을지도 몰라!' 성민이는 이불 속에서 발가락을 꼬물꼬물 움직이며 이불 밖으로 머리카락이나 발가락이 빠져나가지 않게 몸을 웅크렸습니다.

'근데 만약 정말 무시무시한 괴물이 나타나면 어떻게 하지? 그래. 최대한 납작하게 누워 있는 거야. 그러면 절대로 들키지 않을 거야. 그리고 만약 괴물이 이불을 들추러 오면 이렇게 걷어차면 괜찮을 거야!' 성민이는 이불 속에서 정말로 괴물을 걷어차는 흉내를 내며 있는 힘껏 이불을 걷어찼습니다.

"아얏!"

성민이가 힘껏 이불을 걷어찼을 때 이불 위에서 누군가가 소리를 질렀습니다. '어? 내 방에는 나밖에 없는데 누가 소리를 지른 거지? 설마 정말로 괴물이 나타난 건가?' 갑자기 무서운 생각이 든 성민이는 계속해서 이불을 걷어찼습니다. 그러자 성민이가 이불을 걷어차면 걷어찰수록 소리는 더욱 커졌습니다.

"익— 이제 그만 차! 자꾸 차지 말란 말이야! 아얏!"

성민이가 발로 이불을 차는 것을 멈추자 이불에서 씩씩거리는 소리가 들려왔습니다. 성민이가 이불 밖으로 고개를 빼꼼 내밀자 이불 위에서 조그마한 것이 꼬물꼬물 움직이는 것이 보였습니다. 성민이가 이불을 잔뜩 걷어찬 것 때문에 이불에 잔뜩 싸여 있던 조그마한 것은 한참이고 이불을 헤집으며 이불 밖으로 쏙 나왔습니다.

그 꼭 어른들의 검지만한 조그마한 꼬마가 옷자락을 툭툭 손으로 털어 내고는 무척이나 화가 난 표정으로 성민이의 눈앞까지 걸어왔습니다. 이 조그마한 아이는 새까만 망토를 입고 또 아주 새까맣고 커다란 주머니를 등에 지고 있었습니다. 성민이는 작은 아이의 모습이 매우 신기했습니다. 아이가 입고 있는 검은 망토는 창문에서 조금씩 달빛이 들어올 때마다 망토에 별빛이 박혀 있는 것 같았습니다. 꼬마가 뭐라고 말을 하는 것 같았지만 지금 성민이의 눈에는 반짝반짝 빛나는 망토만 눈에 들어왔습니다. 성민이가 꼬마의 망토에 눈을 빼앗긴 사이에 꼬마는 성민이가 자기 말을 듣지 않고 있다고 생각했는지 버럭 소리를 질렀습니다.

"얘! 너 내 말 듣고 있니?"

성민이는 그때서야 꼬마를 쳐다보았습니다. 하지만 무슨 말을 하면 좋을지 모르겠던 성민이는 대답을 하지 않고 가만히 있었습니다. 꼬마는 그것이 마음에 들지 않았는지 뛰어올라서 성민이의 코를 걷어찼습니다.

"아얏!"
"내 말을 듣고 있는 거냐니까? 대답을 하라고!"

꼬마는 단단히 화가 났는지 몇 번이고 성민이의 코를 걷어찼습니다.

"아얏! 듣고 있어! 듣고 있다고! 아프니까 이제 그만 차!"

성민이는 손으로 코를 가리며 말했습니다. 코를 살짝 만져 보니 코가 얼얼해서 금방이라도 재채기가 나올 것 같았습니다. 성민이가 하지 말라고 코를 가려도 꼬마는 계속해서 성민이의 코를 걷어찼습니다. 결국 아니나 다를까 성민이는 크게 재채기를 했고 손바닥에 콧물이 튄 것 같았습니다. 성민이는 손바닥에 튄 콧물을 닦으려고 하던 순간 손바닥을 보고 놀랐습니다.

"아앗! 코피!"

콧물인 줄 알았던 것이 코피였던 겁니다. 성민이는 손으로 코를 꽉 붙잡고 이불 밖으로 뛰어나왔습니다. 그리고 책상에 둔 휴지로 콧구멍을 막고 손에 묻은 코피를 닦아 내었습니다. 성민이는 코피가 멈추기를 기다리면서 성민이의 코를 걷어찬 꼬마를 노려보았습니다. 하지만 꼬마는 성민이가 신경 쓰이지도 않는다는 듯이 콧방귀를 뀌었습니다. 그리고 등에 지고 있던 주머니를 침대에 내려놓고 풀었습니다. 성민이는 꼬마가 자기 코를 걷어찼다는 것보다 꼬마가 주머니에서 무엇을 꺼낼지가 더 궁금해졌습니다.

"저기 그건 무슨 주머니야?"

성민이가 꼬마의 주머니로 손을 내밀자 꼬마는 허리에 차고 있던 은색 국자로 성민이의 손등을 쳤습니다.

"날, 꼬마라고 부르지 마! 나는 졸음을 뿌리고 다니는 졸음 도깨비라고!"

성민이는 성민이의 눈앞에 서서 당당하게 자신이 도깨비라고 하는 꼬마의 말을 듣고 '풋!' 웃어 버렸습니다.

"뭐, 뭐가 웃긴 거야! 에잇! 빨리 잠들어 버려!"

꼬마는 성민이가 웃은 것이 마음에 들지 않는지 얼굴을 새빨갛게 붉혔습니다. 그리고는 손에 들고 있던 국자로 주머니 속의 가루를 듬뿍 퍼서 성민이에게 뿌렸습니다.

"어? 혹—!"

성민이는 갑자기 뿌려진 가루에 놀라서 혹 입김을 불어 버렸습니다. 그러자 가루는 꼬마에게로 되돌아가서 꼬마의 주변에 날렸습니다.

"우왓! 푸—"

꼬마는 한 손으로는 입과 코를 막고, 다른 손으로는 가루가 날리는 곳을 마구 휘저었습니다. 하지만 아무리 저어도 꼬마의 코에 가루가 들어갔는지 꼬마는 끝내 재채기를 해대기 시작했습니다.

"엣취! 에헷……취! 에췌히!"

꼬마는 꼭 아저씨들이 재채기를 하는 것처럼 큰 소리로 재채기를 했습니다. 그리고 마지막 재채기는 다른 재채기들보다 더 큰 소리로 하더니 결국은 뒤로 발라당 넘어졌습니다. 성민이는 꼬마가 뒤로 넘어지면서 다치지 않았을까 걱정이 되었습니다.

"얘, 괜찮니?"

성민이는 누워 있는 꼬마를 보았습니다. 꼬마는 몇 번이나 성민이 때문에 넘어진 것이 기분이 나쁜지 눈썹을 확 찌푸린 채로 성민이를 째려보았습니다.

"괜찮지 않아…… 이게 다 너 때문이잖아! 어떻게 할 거야! 내가 졸음 가루를 전부 다…… 음냐음냐."

꼬마는 졸음이 가득한 목소리로 투덜대더니 눈을 감아 버렸습니다.

"어어? 야! 야!"

꼬마가 갑자기 눈을 감은 채로 누워 있자 성민이는 놀라서 꼬마를 손으로 집어 올렸습니다. 하지만 꼬마는 눈을 뜨지 않았습니다. 성민이는 꼬마가 죽은 것 같아서 얼굴이 하얗게 질려 버렸습니다.

"푸우— 푸— 푸우우—"

하지만 성민이의 걱정은 금세 사라졌습니다. 꼬마는 잠들었는지 푸푸 입으로 숨을 뱉으며 잠들어 있었습니다. 게다가 꿈에서 무언가를 먹는지 가끔씩 입을 쩝쩝거렸습니다.

"아, 뭐야…… 잠든 거잖아? 다행이다."

성민이는 놀란 가슴을 쓸어내렸습니다. 그리고 성민이는 꼬마가 가지고 있던 검은 주머니를 보았습니다. 침대 위에 놓인 검은 주머니를 살짝 열자, 검은 주머니 안에서 반짝반짝거리는 빛이 새어 나왔습니다. 성민이는 주머니를 살짝 열어 보았습니다.

"우와아…… 예쁘다……."

주머니 속은 꼭 별을 담아 둔 것 같았습니다. 반짝반짝 빛나는 노란색 알갱이와 하얀 알갱이들 사이로 부끄러운 듯이 살짝 보이는 붉은 알갱이와 보라색 알갱이가 가득 담겨 있어, 꼭 주머니 안에 우주를 담아 둔 것 같았습니다.

"그러고 보니 아까 이 꼬마는 자기가 졸음 도깨비라고 했는데…… 그럼 이 가루가 졸음 가루인가? 아까 꼬마도 이 가루를 뒤집어쓰더니 잠들어 버렸잖아."

성민이는 그 예쁜 가루를 조금 덜어서 작은 병에 담았습니다. '이 정도는 없어져도 모를 거야.' 반짝거리는 가루가 담긴 병을 서랍에 넣은 성민이는 도로 이불 속으로 들어가서 잠이 오기를 기다렸습니다.

"성민아! 언제까지 잘 거니? 이러다가 학교에 늦겠어!"

성민이는 엄마의 목소리에 눈을 떴습니다. 언제 잠이 들었는지 해님은 이미 고개를 창문까지 내밀고 있었습니다.

"엄마~ 오늘은 일요일이잖아요. 더 자게 해 주세요."

성민이는 따끈따끈한 이불 속에서 아직 나오고 싶지 않았습니다. 하지만 엄마는 단칼에 '안 돼!' 라고 말씀하시고 성민이의 이불을 빼앗으셨습니다. 성민이는 투덜대며 이불 밖으로 나왔습니다.

"하암, 조금 더 자고 싶은데……."

그때 성민이의 머릿속에서 한 가지 물건이 생각났습니다. 바로 어젯밤에 숨겨 둔 졸음 가루였습니다! '그래! 이걸 쓰면 엄마도 주무실 테니까 나도 조금 더 잘 수 있을 거야!' 성민이는 들뜬 마음으로 책상 서랍에서 졸음 가루를 담아 둔 병을 꺼냈습니다.

"어? 이상하다. 색이 왜 이렇지?"

병에 담긴 졸음 가루는 어제 보았던 반짝거림이 많이 사라져 있었습니다. 어제 본 졸음 가루는 마치 별을 담아 둔 것처럼 하얀색과 노란색이 뒤섞여 반짝반짝 빛났습니다. 하지만 지금 성민이가 가지고 있는 졸음 가루는 하얀 가루와 노란 가루 사이에 검은색 가루가 섞여서 빛나고 있었습니다.

성민이는 어제 졸음 가루 속에 검은색 가루가 섞여 있는 것을 본 기억이 없었습니다. '원래부터 섞여 있었는데 어제는 밤이라서 검은색 가루가 안 보였던 걸까? 응, 그랬겠지. 설마 없던 가루가 갑자기 생겨났겠어!' 성민이는 졸음 가루가 담긴 병을 들고 방 밖으로 나왔습니다. 거실로 가니 엄마는 주방에서 아침밥을 만들고 계셨습니다.

"엄마! 잠시만 이쪽으로 와 주세요."

성민이는 엄마를 거실에 놓인 소파로 오시게 했습니다.

"무슨 일이니?"

엄마는 소파에 앉으시고 성민이도 엄마의 무릎 위에 앉게 하셨습니다.

"이것 때문에요."

성민이는 엄마에게 병에 담긴 가루를 보여드리며 그 가루를 '후—' 하고 불었습니다. 가루는 나풀나풀 엄마에게로 날아갔습니다. 가루가 엄마의 코에 들어갔는지 엄마는 집이 떠나가라 몇 번이고 재채기를 하셨습니다.

"어, 엄마 괜찮으세요?"

엄마가 재채기를 너무 많이 하시다 보니 성민이는 엄마가 걱정이 되었습니다. 하지만 엄마의 재채기는 점점 약해지더니 곧 재채기를 하지 않으시게 되었습니다. 그리고 몇 번이나 하품을 하시더니 엄마는 편안하게 소파에 등을 기대고 잠이 드셨습니다.

"와! 정말로 잠이 드셨네?"

성민이는 엄마의 눈앞에 손을 휘휘 저어 보았습니다. 하지만 엄마가 일어나실 것 같지는 않았습니다.

"신난다! 그럼 나도 조금만 더 자야지!"

성민이는 자기 방으로 쪼르륵 달려가서 이불에 폭 누웠습니다. '에헷, 이렇게 좀 더 잘 수 있어서 참 좋다.' 성민이는 곧 잠에 빠져들었습니다.
성민이가 잠이 든 뒤로 얼마나 시간이 지났는지 모르겠지만 성민이는 배가 고픈 것을 참지 못하고 잠에서 깼습니다.

"왜 이렇게 배가 고픈 거지?"

성민이는 배를 쓸면서 고개를 갸웃거렸습니다.

"그러고 보니 어제 저녁에 먹은 저녁밥 말고는 지금까지 먹은 것이 없구나."

성민이는 이불에서 나와 부엌으로 갔습니다. 하지만 부엌에서 언제나 나는 맛있는 냄새가 오늘은 나지 않았습니다. 식탁에는 따끈따끈하고 모락모락 김이 나는 밥도 하나하나가 다 입에 착착 붙는 맛있는 반찬들도 없었습니다.

"으응? 왜 밥이 없지? 나 배고픈데…… 엄마~"

성민이는 엄마가 있는 거실로 갔습니다. 엄마는 아까 성민이가 졸음 가루를 뿌렸을 때와 똑같은 자세로 주무시고 계셨습니다.

"엄마~ 저 배고파요."

성민이는 엄마의 무릎을 잡고 흔들었습니다. 하지만 엄마가 깨어나실 것 같지는 않았습니다. 성민이는 몇 번인가 더 엄마를 흔들어 보았습니다. 하지만 아무리 흔들어도 엄마가 일어나실 것 같지 않았습니다.

"엄마?"

자세히 보니 엄마의 모습이 조금 이상했습니다. 더운 날씨도 아닌데 엄마는 땀을 뻘뻘 흘리고 계셨습니다. 게다가 눈썹 사이도 찌푸리고 끙끙 아픈 듯 신음 소리도 내셨습니다. 게다가 엄마는 두 손을 꽉 붙잡고 무척이나 힘든 것처럼 앓는 소리도 내셨습니다. 성민이는 갑자기 덜컥 무서워졌습니다. 혹시 성민이가 뿌린 졸음 가루 때문에 엄마가 이렇게 힘들어하시는 것은 아닐까 걱정이 되었습니다.

"엄마! 엄마! 일어나 보세요!"

성민이는 다시 엄마의 무릎을 잡고 흔들었습니다. 하지만 엄마의 끙끙거림이 심해질 뿐, 엄마는 일어나지 않으셨습니다.

"어, 어떡하지? 엄마가 이대로 안 일어나시면 어떡하지?"

성민이는 놀라서 엄마를 더 세게 흔들었습니다. 그때 거실에 있는 베란다에서 작은 검은색의 먼지 같은 것이 날아왔습니다.

"아앗! 졸음 가루를 훔친 사람이 역시 너였구나!"

검은 먼지는 어제 보았던 졸음 도깨비였습니다. 졸음 도깨비는 씩씩 화를 내면서 성민이에게 걸어왔습니다. 성민이는 도깨비에게 무슨 소리를 들을지 겁이 났습니다. 도깨비는 성민이에게 걸어오다가 성민이의 엄마를 보고는 깜짝 놀라 성민이의 엄마에게로 뛰어갔습니다. 도깨비는 엄마의 이마를 만져 보고는 성민이에게 소리를 질렀습니다.

"야! 너 내 주머니에서 훔친 졸음 가루를 너네 엄마한테 뿌렸지?"
"으, 응…… 어떻게 알았어?"
"졸음 가루는 만들고 금방 써야지 안 그러면 엄청난 악몽을 꾸게 만드는 무서운 가루야!"

도깨비가 한 말을 듣자 성민이는 엄마가 힘들어하시는 이유를 알았습니다. 엄마는 악몽을 꾸고 계셔서 힘드신 것이셨습니다.

"악몽을 꾸게 만든다고?"

성민이는 울먹이며 도깨비에게 물었습니다. 도깨비는 '흥!' 콧방귀를 뀌며 성민이를 노려보았습니다.

"그래! 오래된 졸음 가루는 검은색으로 변하는데 그 검은 가루들이 악몽을 꾸게 만들어. 그래서 우리 졸음 도깨비들은 하루에 쓸 수 있는 졸음 가루만 만들고 그날에 다 쓰고 날이 바뀌면 신선한 가루를 만들어서 써. 안 그러면 이렇게 졸음 가루가 새까맣게 변해 버려서 악몽을 꾸게 될 테니까."

도깨비는 양 허리에 손을 대고 연신 콧방귀를 뀌었습니다.

"그, 그럼 엄마는 언제 일어나?"

이제 성민이는 반쯤 우는 목소리로 물었습니다. 엄마가 점점 힘이 드시는지 힘겨운 소리를 내시며 울고 계셨기 때문이었습니다. 엄마가 힘들어하시면서도 성민이의 이름을 부르자 끝내 성민이는 울음을 터뜨렸습니다. 도깨비는 우는 성민이를 보고는 땅이 꺼져라 숨을 내뱉었습니다.

"다시는 졸음 도깨비들의 졸음 가루를 훔치지 않겠다고 약속해. 그러면 풀어줄게."
"응…… 약속할게."
"그리고 낮잠도 많이 자지 않겠다고 약속해. 낮잠을 많이 자면 밤에 잠이 안 와서 졸음 가루를 뿌려도 안 자니까 잠들어도 악몽을 꾸기 쉬워진다고."
"응, 알았어! 앞으로는 낮잠도 많이 안 잘게."

도깨비는 성민이의 대답에 고개를 크게 끄덕이고는 엄마의 이마에 입을 댔습니다. 그리고 '후우웁!' 큰 소리가 날 정도로 강하게 숨을 들이마셨습니다. 몇 번이고 숨을 들이마시자 도깨비는 점점 커졌습니다. 처음에는 성민이의 어른들의 검지 만했던 도깨비가 점점 커져서 이제는 성민이가 쫘악 손가락을 다 펼친 손만큼 커졌습니다. 도깨비가 엄마의 이마에서 입을 떼자 엄마는 깊게 숨을 내쉬시고는 눈을 뜨셨습니다. 엄마는 크게 입을 벌리고 하품을 하시더니 기지개를 펴셨습니다.

"어머? 성민아. 엄마가 잠들어 있었니?"

엄마는 엄마의 손을 잡고 있는 성민이를 보시곤 놀란 듯이 말씀하셨습니다.

"어머나, 시간이 벌써 이렇게 됐네? 성민이 배고팠지? 엄마가 금방 맛있는 거 해 줄게."

엄마는 아직 졸음이 남아 있으신지 다시 한 번 하품을 하시곤 종종걸음으로 부엌에 가셨습니다. 성민이는 엄마가 괜찮아지신 것 같아 마음이 놓였습니다.

"흥! 나한테 고맙다고 하는 게 좋을 거야."

소리가 나는 쪽으로 돌아보니 커진 졸음 도깨비가 바닥에 데굴데굴 구르고 있었습니다. 성민이는 졸음 도깨비를 손으로 들었습니다.

"웅! 고마워! 엄마를 악몽에서 깨어나게 해 줘서 고마워!"

성민이가 쉽게 고맙다고 말하자 졸음 도깨비는 쑥스러웠는지 또 '흥!' 하고 콧방귀를 뀌었습니다.

"도깨비야, 근데 그렇게 먹어치운 악몽은 어떻게 해?"
"이 악몽은 나중에 내가 일하는 방에 가서 도로 꺼내야지 돼. 그리고 악몽이니까 나중에 나쁜 사람들에게 벌을 줄 때나 쓰니까 그때까지 보관해 둬야지 돼. 악몽이 아닌 좋은 꿈들은 졸음 가루를 만드는 재료가 되지만 악몽은 악몽 가루를 만드는 재료밖에 되지 못하니까."

졸음 도깨비는 배가 빵빵하게 부풀어서 일어나기 힘든지 끙끙댔습니다. 졸음 도깨비는 성민이에게 '좀 일으켜 세워 줘!' 라고 소리쳤습니다. 성민이는 손바닥 위에 졸음 도깨비를 태우고 졸음 도깨비가 시키는 대로 베란다로 걸어 나갔습니다.

"자, 그럼 난 이만 가 볼게. 엄마 말씀 잘 듣고. 엄마 말씀 안 들으면 나중에 악몽 가루를 뿌리러 올 테니까 각오하고 있으라구!"

성민이는 베란다로 나가 창문을 열고 창틀에 도깨비를 놓아 주었습니다. 도깨비는 성민이를 보고는 어젯밤에 했던 것처럼 허리에 차고 있던 국자로 성민이의 머리를 '콩!' 때렸습니다.

"이건 네 맘대로 내 졸음 가루를 훔친 벌이야. 그리고 다음에 내가 또 너한테 졸음 가루를 뿌리러 올지도 모르니까 밤마다 내 간식을 챙겨 둬."

성민이는 힘차게 고개를 끄덕였습니다.

"응! 알았어. 그러니까 다음에 또 와. 그때는 좋은 꿈을 꿀 수 있게 해 주는 가루를 들고!"
"흥! 그건 너 하는 거 봐서!"

성민이의 말을 들은 졸음 도깨비는 피식 웃고는 창밖으로 풀쩍 날 아올랐습니다.

안주리

서울 출생으로 동덕여대 문예창작과를 졸업하였으며, 2009년 『문학시대』에 동화를 발표하면서 작품 활동을 시작하였다. 한마루 문학동인회에서 2011년 총무, 2012년부터 2015년까지 회장을 역임하였으며 '한마루' 동인으로 활동 중이다.

작가의 말

현재를 살아가며 글을 잠시 뒤로 밀어 둘 때가 점점 많아지는 것 같습니다. 그런 저에게 한마루 동인회는 글과 저를 이어 주는 끈과 같습니다. 항상 앞에 서나 뒤에서나 묵묵히 저희를 지켜봐 주시고 응원해 주시는 선생님께 늘 감사 한 마음을 전하고 싶습니다. 또한 바쁜 와중에도 동인회 활동을 꾸준히 하는 식구들에게도 고마운 마음을 전하고 싶습니다. 넘어지지 않기 위해 운동화 끈을 꽉 조이는 것보다는 끝까지 달리기 위해 운동화 끈을 꽉 조이는 그런 작가가 되도록 노력하겠습니다.

그물치마

보석처럼 빛나는 보름달이 바다를 환하게 비추는 밤이었습니다. 너무나 고요한 밤이었고, 달빛은 노래에 맞춰 춤을 추는 것만 같았습니다. 끝없이 넓은 바다 위에 작은 점처럼 보이는 돛단배 위로 달빛이 비춰지고 있었습니다. 그 배 안에는 놀랍게도 아기가 타고 있었습니다. 바다의 물결이 엄마의 품인마냥 평온한 얼굴로 잠든 아기를 품고, 돛단배는 하염없이 흘러갔습니다. 그렇게 흐르고 흐르다 아주 작은 섬에 도착하게 되었습니다. 여전히 아기는 잠들어 있었고 달빛은 아기의 얼굴 위로 쏟아져 내렸습니다. 아기는 평온해 보였습니다.

　다음 날 아침, 작은 섬이 떠나갈 듯 우는 소리에 섬에 사는 동물들이 하나둘 돛단배가 있는 곳으로 모이기 시작했습니다. 모래 속 조개들은 일찌감치 눈을 뜨고 신기한 듯 쳐다보고 있었고 물개와 갈매기도 서로의 얼굴을 쳐다보며 고개를 갸우뚱거렸습니다. 섬 숲에 사는 토끼와 다람쥐, 고슴도치도 그들 곁으로 다가왔습니다.

　"무슨 일이야? 누가 이렇게 아침부터 시끄럽게 우는 거야?"

　항상 뭐든 궁금해하는 토끼가 물었습니다.

　"모르겠어. 나도 방금 왔는걸."

　겁이 많은 다람쥐가 두 손으로 도토리를 꼭 안은 채 대답했습니다.

　"저건 사람이야. 아주 작은 사람."

　갈매기가 한 손으로 안경을 추켜 올리며 말했습니다. 몰려 있던 섬 친구들이 갈매기를 쳐다보았습니다.

　"사람? 아주 작은 사람?"

　물개가 묻자 갈매기는 의기양양하게 두 날개로 팔짱을 끼며 대답했습니다.

　"그래. 작은 사람. 젊었을 때 여행하면서 본 적 있어. 저기 저 배에 타고 있는 저렇게 생긴 동물들. 사람이라고 부르지. 아, 이 안경도 저 사람들이 쓰는 거야."

　갈매는 자신이 쓰고 있는 안경을 가리켰습니다. 그러고는 말을 이어 갔습니다.

　"아직은 저렇게 작지만 금세 우리보다 커질 거야. 아주 많이."

"얼만큼? 얼만큼 커지는데?

토끼가 물었습니다.

"이만큼! 아니, 이보다 훨씬 더 클지도 모르지!"

갈매기가 두 손을 높이 들고 점프를 하며 말했습니다.

"그나저나 누가 저 작은 사람을 울지 않게 좀 해 줘 봐. 아침부터 너무 시끄러워 잠이 깼다고."

까칠이라는 별명을 가진 조개가 말했습니다. 그러자 진지한 얼굴의 갈매기가 성큼 그 돛단배를 향해 다가갔습니다. 그리고 배 주변을 이리저리 살피기 시작했습니다. 그곳에 모여 있는 동물들은 숨을 죽이며 갈매기의 행동을 지켜보았습니다. 한참을 살피던 갈매기의 눈에 돛단배에 쓰여 있는 '소연'이라는 글자가 보였습니다. 그 사이에도 아기는 계속 울었습니다. 그때 어린 고슴도치가 말했습니다.

"배가 고파서 우는 거 같아요. 제가 먹으려고 염소 아주머니에게 받은 우윤데 이걸 조금 줘 보면 어떨까요?"

갈매기는 재빨리 고슴도치에게 다가가 우유병을 건네받고는 아기에게 물렸습니다. 그러자 신기하게도 울음을 뚝 그쳤습니다. 순식간에 우유를 다 비운 아기가 또다시 울기 시작했습니다. 아직 배가 고픈 것 같았습니다. 갈매기는 어린 고슴도치에게 우유 한 병을 더 부탁하였습니다. 고슴도치는 재빨리 염소 아주머니에게 우유를 받아 갈매기에게 건넸습니다. 그리고 다시 아기에게 물렸습니다. 또다시 우유를 비운 아기는 이번엔 생글생글 웃기 시작했습니다. 그날 저녁 섬마을에 회의가 열렸습니다. 동물들은 아기를 함께 키우기로 결정하였습니다. 그리고 그 아기에게 갈매기가 돛단배에서 보았던 '소연'이라는 이름을 붙여 주었습니다.

어느덧 시간이 흘러 무럭무럭 자란 소연이는 일곱 살이 되었습니다. 소연이는 섬 친구들과 나무 타기와 수영, 코코넛 열매 따기 등 많은 것을 함께했습니다. 그중에서도 달빛이 환하게 비추는 밤이면 바람 소리에 맞춰 춤을 추는 것을 가장 좋아했습니다. 소연이가 춤을 출 때면 섬에 살고 있는 모든 동물들이 소연이를 보러 모여들곤 했습니다.

"너무 예쁘다. 꼭 하늘에서 요정이 내려온 것만 같아."

손에 쥐고 있던 도토리를 떨어뜨리며 다람쥐가 말했습니다.

"소연이가 요정 아닐까?"

떨어진 도토리를 다람쥐에게 주며 토끼가 물었습니다.

"쉿, 조용히 해. 소연이가 추는 춤에 집중할 수 없잖아."

까칠이 조개가 말했습니다.

소연이가 춤을 끝내자 동물들의 박수 소리가 이어졌습니다. 그러자 소연이는 허리를 숙여 인사했습니다.

"어디서 배운 거야? 너무 잘 춘다."

고슴도치가 말했습니다.

"어디서 배우긴? 나한테 배웠지."

갈매기가 엉성한 춤을 추며 소연이 옆에 섰습니다. 그러자 동물들이 키득거렸습니다. 장난스런 표정의 소연이가 방긋 웃으며 갈매기의 어깨를 툭 쳤습니다.

"그런 춤을 추면 친구들이 안 믿는다고."

"내 춤이 어때서? 이만하면 어디 가서 꽤 춘다는 얘기를 듣는다고."

안경을 추켜올린 갈매기가 대답하며, 더욱 엉성한 춤을 추자 모두

들 웃음을 터뜨렸습니다. 그때였습니다. 얼마 전 여행을 떠났던 물개가 바닷속에서 나왔습니다. 물개의 등엔 큰 보따리가 있었습니다.

"다들 잘 지내고 있었어?"

갑작스런 물개의 출현에 소연이와 섬 친구들은 놀라워하면서도 반갑게 물개에게 다가갔습니다.

"일주일 뒤에야 도착하는 거 아니었어?"

소연이가 물었습니다. 그러자 물개는 등에 지고 있던 보따리를 내리며 대답했습니다.

"태풍을 만나 일찍 오게 됐어."

고슴도치와 조개가 물개의 보따리를 모닥불 옆으로 가져와 열었습니다. 그곳에는 여러 가지 물건들이 많았습니다. 신발, 모자, 거울 등 그들은 모두 처음 보는 것들이었지만 그것들을 본 적 있는 갈매기가 하나하나 설명해 주었습니다. 여러 물건 들 중 끈으로 엮여진, 구멍이 송송 난 물건이 소연이의 눈에 띄었습니다. 그것을 집어 들자 생각보다 크기에 비해 무겁지는 않았습니다. 소연이는 자신이 입고 있던 나뭇잎 치마를 보았습니다. 이 물건이라면 나뭇잎을 더욱 풍성하게 끼워 멋있는 치마를 만들 수 있을 것 같았습니다. 그때 그런 소연이를 본 갈매기가 말했습니다.

"그건 그물이라는 거야. 물고기를 잡는데 사용하는 거지."

그러나 소연이의 귀엔 들어오지 않았습니다. 소연이는 주변의 나뭇잎들을 모아 그물에 엮었습니다. 소연이의 상상대로 풍성하고 멋진 치마가 완성되었습니다. 그것을 본 다람쥐가 도토리를 머리 위에 놓고 모자를 쓰며 멋있다고 말했습니다. 신발을 신고 해변을 달리다 돌아온 토끼도 같은 반응을 보였습니다. 소연이는 이리저리 자신의 그물치마를 보며 미소를 지었습니다. 그때였습니다. 갑자기 보름달이 구름에 가려지면서 천둥이 치기 시작했습니다. 이어서 번개가 치더니 비바람이 불기 시작했습니다. 바다 저 멀리 태풍이 오고 있었습니다. 소연이의 그물치마에 붙어 있던 나뭇잎들이 날아가기 시작했습니다. 섬 친구들이 자리에 서 있기 힘들 정도로 바람이 거세지고 있었습니다.

"내가 만난 태풍이야! 어서 이곳을 피해야 해!"

물개가 다급한 목소리로 말했습니다. 물건들을 챙겨 자리를 떠나려던 그때, 바다 한가운데 거대한 배가 소연이의 눈에 들어왔습니다.

"저길 봐! 배야! 아주 큰 배!"

배는 금방이라도 뒤집어질 것처럼 위태로워 보였습니다. 태풍이 점점 배에 가까워졌습니다. 하늘이 번쩍하더니 우르르 쾅쾅 하며 천둥 소리가 났습니다. 곧이어 거대한 나뭇가지 같은 벼락이 배 위에 내리꽂혔습니다. 배는 반쪽으로 갈라진 채 불이 나기 시작했습니다. 소연이와 친구들은 그 어마어마한 광경에 넋을 놓았습니다.

"저기, 저기 사람이야!"

소연이가 바다 쪽을 가리키며 소리쳤습니다. 그곳에는 작은 배를 타고 섬 쪽으로 노를 저어 다가오는 사람들이 보였습니다. 그 작은 배는 거대한 파도를 넘으며 힘겹게 전진하고 있었습니다. 그러나 곧 큰 파도에 휩쓸려 뒤집어졌습니다.

"사람들을 구해야 돼!"

소연이는 누가 말릴 새도 없이 바다로 뛰어들었습니다. 그 모습을 본 물개도 함께 바다로 뛰어들었습니다. 소연이는 자신의 그물치마를 벗어 펼친 뒤 한쪽 끝을 물개에게 주었습니다. 그리고 그물을 펴 바다에 빠진 사람들을 담아 구출하기 시작했습니다. 태풍은 새벽까지 계속되었고, 소연이와 물개의 구출도 끝없이 계속되었습니다. 어느 덧 해가 떠올랐고 태풍은 지나갔습니다. 해변에는 바다에 빠졌던 사람들이 누워 있었고 날씨는 언제 그랬냐는 듯 화창했습니다. 고슴도치와 조개는 정신을 차린 사람들에게 물을 주었습니다. 토끼와 다람쥐는 상처 난 사람들을 치료해 주었습니다. 소연이와 물개도 그들을 도왔습니다. 사람들은 자신들이 살아 있음에 놀라워했고, 섬 친구들에게 감사함을 전했습니다.

"이렇게 저희의 목숨을 구해 주다니 매우 감사합니다."

날렵한 콧수염을 가진 선장이 고개를 숙이며 말했습니다. 그리고 말을 이어 갔습니다.

"어떻게 저희를 구하셨는지요?"

소연이가 모래 위에 다 망가진 그물치마를 집어 올리며 대답했습니다.

"이것으로요. 원래는 그물인데 제가 치마로 만들어 입었었던 거랍니다. 이 그물치마로 여러분을 구할 수 있었어요."

선장은 소연이가 들고 있는 그물치마를 쳐다보았습니다.

"곧 배가 저희를 찾으러 이곳으로 올 것입니다. 그때 감사의 선물로 멋진 치마를 선물해 드리겠습니다."

선장은 선원들과 항해를 위해 떠난 지 얼마 되지 않아 태풍을 만났다고 했습니다. 배가 부서질 것을 예상하고 모두 탈출했고, 일부는 구조 요청을 위해 출발했던 항구로 다시 돌아갔다고 했습니다. 얼마 지나지 않아 큰 배가 도착했습니다. 사람들을 구조하기 위해 온 배였습니다. 선장은 배 안에서 섬에서는 볼 수 없는 물품들을 가져와 소연이와 친구들에게 선물로 주었습니다. 물개가 가져왔던 운동화, 모자, 거울도 있었습니다. 그리고 예쁘게 수놓인 치마도 있었습니다. 소연이는 치마를 받아들고 한참을 보더니 선장에게 말했습니다.

"선장님, 그물이 있다면 그것도 주실 수 있나요?"

선장은 흔쾌히 소연이에게 그물을 주었습니다. 그리고 같이 떠날 것을 제안했습니다. 그러나 소연이는 고개를 저었습니다.

"지금보다 조금 더 자라면 부모님을 찾아 바다로 나갈 계획은 갖고 있지만, 떠날 생각은 없어요. 제 집은 여기입니다."

소연이의 말에 선장은 웃으며 답했습니다. 그리고 선물을 하나 더 주었습니다.

"씩씩한 꼬마 아가씨군요. 나중에 부모님을 찾아 항해할 때 도움이 필요하면 이걸 부세요. 이건 저희들만 알아들을 수 있는 소리가 나는 호루라기입니다. 이 소리를 들을 수 있는 거리에 있다면 반드시 도와드리겠습니다."

선장은 사람들과 섬을 떠났습니다. 소연이와 친구들은 각자 필요한 물건을 바라보며 기뻐했습니다. 또다시 밤이 왔고 보름달은 더욱 환했습니다. 소연이는 선장에게 받은 호루라기를 목에 걸고 그물에 더욱 많은 나뭇잎을 붙여 훨씬 풍성한 치마를 만들었습니다. 다시 만든 그물치마를 입은 소연이는 모닥불 옆에서 하염없이 춤을 추었습니다. 너무나 아름다운 모습에 친구들도 함께 춤을 추었습니다. 섬은 태풍이 몰아쳤던 일이 언제 있었냐는 듯 평화로웠습니다. 고요한 밤이었고 바람 소리가 아름다운 밤이었습니다.

오현지

경기도 수원 출생으로 경기대학교 문예창작학과를 졸업하였으며, 2015년 『문학시대』에 동화로 등단하였다. 2015년 경기대 동화모음집 『이야기 케이크』에 참여하였으며, '문학시대', '한마루' 동인으로 활동 중이다.

작가의 말

　푸른 나무에 기대어 커피 한잔 마시는 기분으로 가을을 맞이하고 있습니다. 졸업식 때 더워서 혼났던 기억, 정신없이 일하던 가게에서 한숨 돌릴 때, 처음으로 혼자 간 여행 속에서 자유를 만끽했던 추억들, 그리고 처음으로 해 본 적 없는 색으로 염색할 때까지. 모든 게 사실 사람들 사는 세상에선 '별것 아닌 일'이지만, 막상 혼자 겪었을 땐 특별했던 기억들이 이번 한 해를 돌아보고 갑니다. 이런 기억 속에서 더 글이 녹아날 수 있도록, 이번 남은 한 해도, 다음에 다가올 시간들도 평범하면서도 특별한 추억들이 많이 생겼으면 좋겠습니다.

그물 치는 아이

　푸른 물결이 늘 넘실대는 섬은 오늘도 기운이 넘쳤다. 늘 아침 다섯 시면 바닷가에 걸친 통발을 확인해야겠다며 구시렁대는 선미네 아저씨가 밖을 나오면서 우리 섬의 하루는 시작된다. 물론 아저씨를 따라 통발을 던진 우리 아빠도 같이 따라나선다, 오늘 고기는 무척 잘 잡혔겠지? 란 생각을 하면서.

두 아버지들이 밖에 나가면, 우리 할머니와 선미네 할머니도 주섬주섬 긴 장화를 신고 밖으로 나온다. 이 시기면 낙지가 끝물인데, 그래도 키조개가 올라오니까, 라며 중얼중얼 얘기하는 할머니들 사이에서는 미소가 피어올랐다. 우리 엄마는 잠이 덜 깬 나를 흔들어 얼른 학교에 보낼 준비를 했다.

"십일월이라 제법 쌀쌀하니까 카디건도 꼭 챙겨가."

"그래도 섬이니까 따뜻하잖아."

나는 엄마의 잔소리가 싫어 퉁명스럽게 말했지만, 엄마가 무슨 의미로 나에게 그런 말을 하는지는 알고 있었다. 학교는 배 타고 건너 있는 마을에 있는데, 거긴 육지니 섬이랑은 달리 훨씬 추울 거라고 했다. 그건 정말 그랬다.

전에 한번 카디건 들고 가기 귀찮아 그냥 갔다가 너무 쌀쌀해서 감기에 걸린 적이 있었다. 엄마는 갯벌에 낙지가 언제 나오는지 아는 애가 어떻게 이런 건 못 챙기냐고 투덜거렸고, 아빠는 내가 하도 바다에 나가서 추운 걸 몰라서 그랬을 거라고 나를 감싸 주었다. 그 귀찮은 일 하나가 나를 힘들게 하다니. 그때부터 나는 한동안 겉옷 위에 무조건 카디건을 입었다. 어느 장소를 가든 말이다. 엄마 말마따나, 한번 크게 당해 봐야지 안다는 게 이런 걸까 싶었다.

학교는 가면 늘 똑같은 걸 반복했다. 수업, 잠, 수업, 잠. 그 사이에 점심밥을 먹으면 집에 갈 시간이 다가와 간다. 가끔 목요일이나 화요일처럼, 6교시까지 있는 날도 있었지만 보통은 항상 1시에 끝났다. 이렇게 평범하고도 지겨운 학교가 끝나면, 나는 곧장 집으로 와 아빠의 배를 찾았다. 그곳에는 그물을 정리하는 아빠가 있었기 때문이었다.

"오늘은 월척이라도 있으면 좋겠구나. 이제 슬슬 멸치가 끝물일 텐데."

아빠가 그물을 다 정리하면, 우리는 얼른 배를 띄웠다. 배를 타고 쭉 가다 보면 우리의 일터가 있는데 그곳에서는 팔딱팔딱 심장처럼 뛰는 멸치가 많이 살고 있었다. 오늘은 11월 끝자락이니 거의 없겠지만. 평소 여기에 그물을 던지면 싱싱한 멸치들이 그 안에서 춤을 췄다. 아빠는 이 멸치들을 볼 때마다 내가 학교에 갈 수 있는 건 순전히 멸치들 덕분이라고 누누이 말했었다. 오늘도 많이 잡히게 해 주세요. 이 말을 들은 뒤로 나는 항상 멸치를 던지기 전에 기도했는데, 요즘은 습관적으로 말하고 던졌다. 내 말 속에 뜻이 있든 없든, 멸치 덕에 학교를 가는 건 사실이었으니까.

"정말 멸치가 끝물인가 보다."

아빠는 실망한 듯 입을 삐쭉 세웠다. 멸치는 3월부터 11월까지 제일 많이 잡히지만, 말 그대로 지금은 끝물이기에 양은 생각보다 적었다. 아, 겨울이 오는 걸까. 그건 싫은데. 겨울이 오면 추워서 밖에 나가지 못하기에 제일 지루했다. 더군다나 바닷가 일이 없으면 집에서 숙제를 해야 하는데 그때만큼 지루한 건 없었다. 그래서 나는 일부러라도 바닷가에 나가서 동네 할머니들과 미역을 캤다. 요즘 들어 아빠가 나보고 미역 캘 시간에 공부를 하라고 자꾸 잔소리를 하지만, 내가 보기에 나는 공부할 감은 아니었다.

"아빠……."

나는 바다에 널브러진 멸치들과 그물을 바라보았다. 멸치들은 금방 잡아 팔딱팔딱 뛰어다녔지만 그물 밖을 벗어나진 못했다. 그물은 너무나도 촘촘하고 넓어서 빠져나올 구멍이 없었다.

"한두 번 더 잡아 보고 아니다 싶으면 한 바퀴 돌고 나가자. 가서 통발도 확인하고."

아빠는 얼른 그물 속에 있는 멸치들을 다 배의 지하로 보냈다. 바닥 뚜껑을 열면 바닷물이 어느 정도 있었는데, 그곳에 우리는 잡아온 물고기들을 다 풀었다. 우리 먹을 양만 제외하고 다 팔아야 하니까. 첨벙첨벙 소리는 오래 들리지 않았다. 슬프지만 잡은 양이 전보다 반 정도 줄었기 때문에 오히려 그물을 빨리 정리할 수 있었다.

"자, 연우야! 한 번 더 던져!"

나는 내 몸무게만큼 무거운 그물을 들고 낑낑거리다 던졌다. 처음엔 그물과 함께 나도 같이 떨어진 적이 있었다. 그때는 수영을 몰랐던 때라 어찌나 힘들었는지. 그날 바닷가에 푹 담가진 나는 온몸의 구멍에서 바닷물이 나오는 진귀한 경험도 했었다. 이제는 그럴 일도 없겠지만. 이젠 일부러 빠져도 살아남을 정도로 자신이 있었다. 그 이후로 수영도 배웠기 때문이었다.

"자, 그리고 우리는 반대편에서 기다리자."

아빠는 '기다릴 동안'을 위해 낚싯대를 챙겼다. 내가 제일 싫어하는 그 '꼬물이'들도 같이. 도대체 물고기들은 이런 걸 왜 '밥'이라고 먹고 있는 걸까. 내가 먹는 밥이 이렇게 꾸물거리면 먹기 굉장히 싫을 것 같은데 물고기들은 의외로 이걸 덥석덥석 잘 물었다. 징그럽다고 해서 이름을 '지렁이'라고 한 걸까. 아무튼 마음에 안 들었다.

휙, 하고 아빠가 낚싯대를 던지고 나면 분위기는 이렇게 조용할 수 없었다. 잔잔하게 들려오는 파도 소리와 물고기들이 지나가는 게 다

보이는 투명한 바닷물. 그리고 낚싯대를 잡고 앉은 아빠와 나만 한마디 말도 없이 조용히 있을 뿐이었다.

"오늘 하루는 어땠어?"

아빠는 항상 낚싯대를 던지고 자리에 앉으면 나에게 이렇게 물었다. 전에 한번 왜 그걸 물어보냐고 했더니 아빠는 웃으며 이런 이야기를 했다. 연우는 아빠와는 달리 배를 타고 학교에 가니까 뭐 했는지 궁금해서 그렇다고. 그냥 별거 없이 학교 수업받았다고 말했지만 아빠의 질문은 늘 한결같았다. 그래서 내가 바뀌기로 결심했다. 말을 더 만들자고.

"오늘은 선미가 나한테 말을 걸었어."

"음? 여기 앞에 사는 선미?"

아빠는 고개를 갸우뚱했다. 우리 섬에 남아 있는 아이들이라고는 나와 선미뿐이지만, 솔직히 말하자면 우리는 안 친했다. 그것도 전혀. 나는 주로 학교가 끝나면 곧장 섬에 와서 일을 도와주지만, 선미는 늘 학교 근처에서 머물렀다. 학교 앞에 널린 여러 학원에 다니는 선미는 모두가 원하는 학생 그대로였다. 학교 반장, 공부 잘하는 모범생, 우리 학교의 피아니스트. 다 선미의 뒤를 따라다니는 말이었다. 선미는 항상 해가 지고 나서 우리 동네에 왔고, 나는 해가 지면 바닷가에서 더 이상 일할 수 없기에 얼른 집에 들어갔다. 한마디로 우리는 서로 학교에서 억지로 만나지 않는 이상은, 마주칠 일이 없었다.

"엉. 나보고 뭐라고 얘기는 했는데, 무슨 말인지 못 알아들었어."

사실 정확하게는 선미가 뭐라고 하는 걸 집중하지 않았다. 군이 집중해야 할 정도로 재밌는 얘기를 꺼낸 것도 아니었고 그럴 정도로 친

하지 않았기 때문이었다. 아니, 기껏 날 불러서 하는 말이, '미안해, 내가 그럴 줄 몰랐어.' 일까? 나는 선미의 미안한 것 같으면서도 아닌 것 같은 애매한 표정도 화가 났지만, 그걸 애들 앞에서 대놓고 얘기한 게 더 기분이 나빴다. 전에 우리 집에 새 원피스가 온 적이 있었다. 검은색과 다홍색이 위아래로 천천히 바뀌는 모양의 원피스였다. 이렇게 곱고 예쁜 색의 옷은 본 적이 없어 엄마에게 고맙다고 계속 웃었지만, 학교에 가니 그렇게 기분이 가라앉을 수가 없었다. 선미가 입었던 옷이 색깔만 다를 뿐, 겹쳐 놓고 봐도 똑같은 옷이었다.

그때 아이들의 시선을 아직까지도 잊을 수 없었다. 항상 바닷가에 나가 온몸이 원주민들처럼 까맣게 탄 나와 달리, 서울 사람들처럼 온몸이 뽀얀 선미는 누가 봐도 파란 드레스를 입은 공주님이었다. 난 그 옆에서 빨간 옷을 입은 시녀 같았다. 선미는 왜 하필 그 옷이 잘 어울렸던 걸까. 옆 사람이 너무 예쁘니, 반대로 못생긴 나는 심각히 초라했다.

그날 가까스로 꾹 참았다 집에 가자마자 엉엉 울었는데, 엄마는 도리어 이런 말을 했다. 선미네에서 먼저 같이 사자고 해서 샀는데 그렇게 억울해? 라고. 왜 그 원피스는 그렇게 예뻤던 걸까. 그 이후로 나는 선미만 보면 화가 났다. 그때를 생각하며 짜증을 내자 아빠는 고개를 저었다.

"그날 선미네 아저씨에게 얘기를 들어봤는데 선미가 너랑 같이 입으면 자매같이 보일 것 같아서 샀었대. 네가 그렇게 싫어할 줄은 몰랐다고 하더라."

다 거짓말일 것이다. 그날 선미는 그 옷이 어찌나 잘 어울렸는지 아빠가 봤었어야 했는데. 어깨를 넘는 긴 검은 머리에 파란 원피스를 입고 총총 걸어가는 선미는 누가 봐도 예뻤다. 다만 나는 피부도 까무잡잡하고 머리도 귀밑으로 짧은데 다홍빛 원피스를 했으니. 우리 집에서 엄마는 나보고 공주님이라고 불렀지만, 학교에 가니 내가 시녀가 된 기분이 들었다.

"아냐, 걔는 즐기고 있었어. 지가 공주님이야, 뭐야?"

가만히 내 말을 듣던 아빠는 그래도 친구랑 싸우면 안 된다는, 교과서적인 말로 이야기를 마무리했지만 찜찜한 기분이 계속 드는 건 어쩔 수 없었다. 흥, 왜 내가 선미랑 친하게 지내야 하지? 그것도 잘 어울렸으면 되는데 그걸 굳이 사과한 이유는 뭘까. 갈수록 기분이 나빴다. 제발, 이 기분을 싹 날려 줄 정도로 큰 물고기가 잡혔으면. 그러나 오늘은 그렇게 잘 풀리는 날이 아닌 것 같았다.

"아, 어쩌지. 오늘 영 아닌가 본데?"

아빠는 허탈하게 웃었지만, 한숨을 푹 쉬었다. 오늘은 정말 건질 게 없었다. 그렇게 그물을 두어 번 던졌는데 첫 번째로 던진 것보다 못했고, 낚시는 그저 죽은 지렁이만 바닷물에서 둥둥 뜰 뿐이었다. 지금쯤 엄마는 미역 캐러 갔을 텐데. 그거라도 도와야 할까 싶어 아빠에게 물어보니 아빠는 고개를 끄덕였다.

"네가 안 피곤하면 가도 되지. 정말 괜찮겠어?"

배 끝 쪽에 있는 양동이를 들고 고개를 끄덕였다. 사실상 오늘 내가 한 건 '그물 던지기'를 세 번밖에 못했으니까. 그리고 고기를 못 잡아 실망한 아빠를 위로하는 것보다, 나가서 미역이나 낙지 같은 거라도 잡아오는 걸 아빠는 더 좋아한다는 걸 알고 있었다.

아빠는 곧장 배를 움직여 부둣가에 댔고, 나는 바로 그 자리에서 뛰어내렸다. 파도도 높지 않고 물도 적당한 높이였기에 모래에 머리를 부딪치지 않았지만, 짭조름한 바닷물의 향은 그대로 내 몸을 훑었다. 한순간 시원해지자 기분 나빴던 일들이, 따뜻한 물에 소금을 뿌리는 것처럼 사르르 녹아들었다.

몸에 있는 물기를 다 털어낸 나는 얼른 달려 방파제로 갔다. 그곳에는 늘 트로트만 부르는 할머니 세 명과 우리 엄마가 있으니까. 항상 이 시간이면 미역 캐는 작업이 한창이라 트로트 소리가 밖을 울려야 하는데 이상하게도 조용했다. 오늘은 다 안 하는 날인가? 달려가면서도 뭔가 분위기가 달라 움찔했는데 칼을 들고 돌을 긁는 사람들 중에 낯선 사람들이 몇 명 있었다. 어, 누구지? 누군지 알아채기도 전에 한 목소리가 바닷가를 울렸다.

"어? 연우야!"

배에서 아빠와 선미 이야기한 것부터가 잘못된 것이었을까. 가장 보기 싫은 사람이 방파제 앞에서 손을 흔드니 반대로 돌아가고 싶었다. 그것도 평소에 잘 나타나지 않는 선미네 아주머니까지 있으니 기분은 더 싱숭생숭했다. 나는 엄마에게서 칼을 받자마자 적당한 자리에 걸터앉았는데, 우리 옆집 사는 승희네 할머니가 그랬다.

"그래서 선미는 꿈이 피아노 선생님이여?"

"아뇨, 피—아—니—스—트요."

귀가 잘 안 들리는 승희 할머니는 입모양으로 피—아—니—스—트를 뻐끔뻐끔 말하더니 고개를 갸우뚱했다. 아마 이런 단어 자체를 처음 들어 본 모양이었다. 선미네 아주머니는 마치 독수리가 먹잇감을 찾았다는 것처럼, 재빨리 쏘아붙였다.

"왜 있잖아요, 텔레비전 보면 드레스 입고 피아노 의자에 앉아 연주하는 사람. 그게 피아니스트에요. 피아노 연주 전문가."

"아, 전문가여?"

승희 할머니가 입 모양을 따라 하며 손뼉을 치자 다른 할머니들도 웅성웅성 선미를 우러러보기 바빴다. 평소 나한테는 트로트 노래 나오니까 춤춰 보라고 그랬으면서 왜 선미는…….

분위기 자체가 낯선 이유가 이것이었다. 선미 아주머니는 오랜만에 방파제에 왔지만 일하고 싶은 생각은 전혀 없는 듯했다. 그저 선미를 하도 자랑해 입에 발랐던 침이 계속 말랐다.

"네네, 연—주—전—문—가. 안 그래도 이번에 피아노 대회 나가서 상도 탔다고요."

선미네 아주머니는 코를 바짝 세웠다. 선미는 부끄러웠는지 헤헤 웃었지만, 이게 지금 뭐 하자는 건지. 아까까지는 기분이 그냥 나빴다면, 이번에는 몹시 언짢았다. 내 마음을 아는지 모르는지 할머니들의 관심은 오로지 선미였다.

"이야, 그러면 선미는 우리 섬이 낳은 연주자구만? 선미 아주머니는 좋겠어. 이런 똑 부러지는 딸을 낳아서 얼매나 좋아."

오버가 심한 승재네 할머니가 선미 아줌마의 콧대를 더 높였다. 아줌마는 그러니까요, 라고 말하면서 선미의 머리를 쓰다듬었지만, 나는 여전히 이 분위기가 불편했다. 일단 이런 분위기 자체가 처음이었으니까.

"선미도 그렇지만, 우리 연우도 일은 똑 부러지지. 이렇게 노닥거리는 동안 연우는 벌써 양동이 한가득 채웠다고."

동네 할머니들 중 나를 가장 좋게 봐주는 호섭이네 할머니가 말했다. 이 분위기에 내가 칭찬을 받는다는 게 조금 어색했지만, 덕분에 선미 아줌마와 승재 할머니는 찍 소리도 하지 않았다. 이게 어찌나 통쾌하던지. 그럴 때마다 나는 어렸을 때부터 아빠가 해 준 말이 떠올랐다. 무슨 일을 하든 성실히 해라. 그 말을 내가 안 듣고 다녔더라도 나는 일을 열심히 했을 것이다. 이제까지 내가 일해 온 것도 그렇고, 우리 아빠도 그렇게 일했으니까.

"오늘은 양동이 세 번 채우고 갈 거예요."

나는 대놓고 선미네에게 들으라는 듯 말했다. 내가 당차게 말하니 할머니들은 야는 딱 야물딱진 소리를 하네, 일을 저리 열심히 하니 전생에 황소였나벼, 등등 나에 대한 칭찬을 아끼지 않았다. 그 말에 묵묵히 일하던 엄마도 미소를 지었다.

"선미가 피아노 연주 전문가면, 연우는 뭐 되고 싶은 거 없나?"

가만히 있다가 다시 승희 할머니가 말을 이었다. 내가 되고 싶은 것? 나는 한치의 고민도 없이 이렇게 생각했고, 그대로 말했다.

"그냥 지금처럼 아빠 따라 그물 던지고 미역 캘 건데요."

나는 말하고서 양동이를 번쩍 들었다. 양동이에 미역이 다 차서 큰 바구니로 옮겨야 할 참이었다. 생각보다 무거운 양동이를 낑낑거리며 들고 있자니 폼이 우스웠지만, 나는 내가 툭 던진 말이 생각나 순간 내 자신이 대견했다. 지금처럼 아빠 따라 그물을 던지는 것. 사실 우리 동네에서 제일 그물을 잘 던지는 아이는 내가 유일했으니 말이다.

"그면 연우도 우리처럼 물질할런가?"

어라, 할머니들의 반응이 뜻밖이었다. 마치 실망한 느낌이 뚝뚝 묻어나는 건 왜일까. 내가 눈을 다시 껌벅이자 할머니들은 나를 보며 각자 이야기하기 시작했다.

"연우는 내 보니까 참 착해. 엄마도 순둥순둥허지, 애비도 성실하잖여."

"근데 어린 나이에 물질만 할겨? 서울 물도 좀 멕여 봐야지."

할머니들의 이야기를 듣던 호섭이네 할머니는 허리가 아픈지 어깨를 뚝뚝 쳤다. 요즘 허리가 너무 아프다는 할머니는 요 근래 오래 일하지 않았다. 너무 아파 허리를 제대로 펼 수 없다고 허탈한 웃음을 남기는 할머니였지만, 신기한 게 딱 하나 있었다. 바로 할머니가 허리가 아프다고 하면 섬에서 비가 뚝뚝 떨어지는 것이었다.

뉴스 속 기상 캐스터 언니들이 종종 틀리는 날씨를, 호섭이네 할머니는 단 한 번도 틀린 적이 없었다. 안개처럼 작은 비부터 천둥 치는 비까지. 나는 신기해서 몇 번이고 할머니에게 비법을 알려 달라고 소리쳤지만, 어른들은 반대로 그런 할머니를 보며 안타까워했다. 우리 엄마도 그런 할머니에게 당분간 일하지 말고 쉬라고 누누이 얘기하지만, 도시에 있는 아들에게 용돈이라도 쥐여 주고 싶다는 할머니의 고집을 꺾지 못했다.

"서울 물은 어떻고 섬 물은 또 어떤가. 연우가 하고 싶다는 걸 해야 하는 게 맞는 거여."

호섭이네 할머니는 그렇게 말하고 자리를 떴다. 자신이 들고 온 양동이에 미역 몇 가닥을 넣고 유유히 사라진 할머니의 뒷모습을 본 두 할머니는 또다시 쑥덕였다. 저렇게 허리가 아픈데 일을 해도 괜찮은 걸까, 너무 아프니까 인사도 못하고 가잖어, 등등. 그러나 나는 다른 문제로 머리가 복잡해지기 시작했다.

"어, 전 여기서 고기 잡을 건데 왜 서울에 가야 해요?"

그때 승재 할머니가 버럭 소리를 질렀다.

"아니, 이 나이에 섬에만 있겠다고? 사람은 말야, 넓은 데를 볼 줄 알아야지. 그래서 다 어른들이 서울에 가는 거잖여."

"서울에 가야지 네가 하고 싶은 걸 다 하지."

선미네 아주머니도 같이 거들었다. 선미가 그 말을 듣고 안절부절 못하는 얼굴로 나를 봤지만, 나는 선미의 얼굴이 보이지 않았다.

"연우는 좀 특이하네? 뭐 하고 싶은 게 없어?"

내 표정을 읽은 선미네 아주머니가 나를 가까이 들여다보며 그렇게 말했지만, 나는 엄마의 등 뒤로 쪼르르 달려갔다. 왜 어른들이 무섭게 느껴지는 걸까. 나는 '난 반드시 이것 하고 싶어!' 란 결심이 든 적이 없었기에 오히려 이 분위기가 무서웠다. 그저 아빠와 배를 타는 게 좋아서 같이 나가는 것뿐인데. 이게 어때서?

"저는 그냥 아빠와 같이 그물 던지고 싶은데요."

이만하면 충분한 대답이 되었을까? 그런데 선미네 아주머니는 만족하지 않는다는 듯, 고개를 저었다.

"어머, 언니. 연우 꿈이 소박하네요?"

엄마는 내 등을 두드리며 대신 대답했다.

"아직 연우가 나이가 어려서 그렇지 뭐."

그때 나는 벽돌로 머리를 한 대 맞은 듯한 느낌이 들었다. 난 엄마가 날 위로할 줄 알았는데 사실은 엄마도 선미 아줌마와 똑같았다.

충격이 가시기도 전에 엄마는 한마디를 더 덧붙였다.

"얘가 지금 배운 게 물질밖에 없어서 그래. 아빠와 같이 그물 치는 방법, 낚시하는 방법, 이거 미역 캐는 방법만 아니까 그렇지."

"솔직히 연우 엄마도 알잖어. 우리 자식들은 이런 거 시키지 말아야지, 하는 생각하잖아."

그때 나는 엄마의 얼굴을 슬쩍 보았다. 항상 익숙했던 얼굴이 오늘따라 낯선 느낌이 들었다. 왜? 물질이 어때서? 나는 내가 크면, 자연스럽게 엄마 아빠처럼 어부가 될 거란 생각을 했다. 그런데 이런 걸 시킬 생각이 없다고? 도대체 왜? 그 순간 길 가다 나침반을 잃은 것처럼 정신이 아득해졌다. 난 이거밖에 할 줄 모르는데 이게 내 꿈이 아니라면 난 뭘 한 걸까. 그 생각을 하니 지금 미역을 캐고 있는 게 하기 싫어졌다. 정확히는 내가 미역을 캐도 되는지 갑자기 두려웠다.

"아무리 직업에 귀천이 없다지만, 나는 그래. 우리 아이들은 나보다 좋은 걸 했으면 좋겠고, 이왕 하는 거 저기 서울 같은 도시에서 일했으면 좋겠어. 안 그래?"

선미 아주머니는 그렇게 말하며 선미를 끌어안았다. 오늘 나는 '미역으로 양동이 세 통'이란 목표를 달성했지만 기분이 썩 좋진 않았다. 내가 잘하고 싶은 걸 어른들이 좋게 얘기해 주지 않았으니까. 선미한테는 피아니스트가 꿈인 게 멋있다고 했으면서 왜 나만……

내가 입을 삐죽 세웠지만 그 누구도 알아주지 않았다. 특히 엄마에게 큰 실망을 했다. 적어도 엄마는 내가 이 일을 하는 걸 자랑스럽게 생각할 줄 알았는데. 그걸 아빠에게 얘기했더니 뜻밖에 아빠도 똑같은 얘길 했다.

"음, 난 사실 연우가 다른 일해 보는 것도 나쁘지 않다고 생각해."

"왜, 왜? 어째서?"

눈을 동그랗게 뜨며 아빠의 얼굴에 내 얼굴을 들이밀자 아빠는 깔깔 웃었다. 아빠는 내가 장난을 걸려고 하는 줄 알고 같이 얼굴을 들이밀었지만, 내가 원하는 답은 그게 아니었다. 곧 아빠는 바깥에서 윙윙 움직이는 벌레들을 보고 모기향을 피우더니 말을 계속했다.

"사실은 그래. 아빠랑 엄마는 네가 너무 어렸을 때 도시에서 여기로 이사 왔거든. 귀농하겠다고, 마음을 다지고 들어왔는데 현실은 너무 힘들더라. 그때 너무 고생했던 게 차곡차곡 쌓여서 지금 이렇게 살 수 있지, 아빠는 연우가 사실 이런 힘든 일을 하는 걸 그렇게 좋아하진 않아. 공부가 오히려 물질보다 쉽지 않니?"

바로 고개를 저었다. 이게 말이야, 뭐야? 공부가 그물 던지는 것보다 더 쉽다고? 돌에 붙어 있는 미역을 칼로 자르는 것보다 공부가 더 쉽다고? 말이 안 되는 소리에 피식 웃었다.

"아무튼 내 생각은 그래. 가능하면 내 자식은 힘든 거 시키고 싶지 않아. 근데 세상이 그렇지 않지. 그래서 참 안타까워."

왜 다들 내 꿈에 대해 안 좋은 얘기를 할까. 나는 그물을 앞으로도 계속 던지고 싶지만, 오늘 하루 있었던 이야기들은 다 뜻밖이었다. 난…… 어부가 되면 안 되는 걸까?

그 생각은 꼬리에 꼬리를 물고 이어가 오늘 밤 꿈속에서까지 나를 괴롭혔다. 꿈속의 나는 우리 배 안에 있었다. 태풍이 오는 것처럼 성난 파도를 지나 새로운 섬 근처에 온 나는 얼른 소리를 질렀다.

"그물, 그물! 여기에 큰 고래가 잠들어 있어!"

그러고는 바로 그물을 던졌는데 이상하게 내 손도 같이 묶여 있었던 것이었다. 나는 그물의 무게에 못 이겨 같이 바다에 빨려 들어갔고, 수영 실력을 발휘할 시간도 없이 가라앉고 말았다. 깜짝 놀란 나는 얼른 바다 위로 올라가려 했지만 계속 가라앉고 있었다.

"푸, 풀어줘!"

나는 말 대신 물만 잔뜩 마셨다. 그때 누가 내 귀에 박수를 친 것처럼, 옆에서 선미 아주머니의 목소리가 울렸다.

"연우는 좀 특이하네? 뭐 하고 싶은 게 없어?"

"연우야, 넌 뭐가 되고 싶어?"

선미의 목소리도 같이 들렸다. 그 두 명의 모습은 보이지 않았지만, 바닷속으로 계속 들어갈수록 둘의 목소리는 계속 내 귀를 때렸다. 이제 그만, 그만하라고! 똑같은 말을 네 번이나 반복하니 미칠 노릇이었다. 여길 나가야 해. 당장 나가야 해. 그러나 발에 걸린 그물이 고민이었다. 이걸 어떻게 해야 하나.

그때 나는 결국 숨을 더 참지 못하고 가라앉고 말았다. 가라앉는 와중에도 두 사람이 연우야, 연우야, 하고 내 이름을 부르는 게 느껴졌다. 헉, 하고 일어나 보니 아직 해는 뜨지 않았다. 다만 내 이불이고 베개고 전부 내 땀으로 촉촉이 젖어 있었다. 물속에 가라앉는 기분은 아직도 생생한데 난 왜 집에 있는 걸까. 갑자기 무서워 눈물이 났지만, 초등학교 4학년이 되면 어떠한 일이 있어도 우는 게 아니라고 학교에서 선생님이 그렇게 말했던 기억이 났다. 그래서 뚝, 하고 얼른 눈물이 그치길 빌었다. 제발, 그 목소리가 여기서도 들리지 않기를.

선미네 아줌마와 선미의 목소리가 꿈속에서 너무 생생했기에 나는 제발 내일 마주치지 말기를 바랐다. 그 목소리를 들으면 오늘 또 무서워질지도 모르니까.

　그 목소리 때문에 잠을 못 자서인지, 눈은 퀭했다. 내 뒤의 친구들은 농담으로 내 눈이 수산시장에 있는 갈치들 눈 같다고 그랬다. 갈치 눈알이 어떠냐고 물어보니까 돌아온 답은 뻔했다. 내 눈처럼 썩은 눈알이라고. 괜히 생각했어. 차라리 눈 감고 귀를 꼭 막고 잘걸. 너무 생생한 나머지 선미네 아주머니랑 선미는 사실 유령이 아닐까, 하는 웃긴 생각도 들었다. 그 생각을 하니 기분도 괜히 우울해졌다.
　"치, 지 꿈은 얼마나 화려하길래."
　아무도 못 듣게 속삭였지만, 말을 한 것과 반대로 나는 몸을 움츠렸다. 나는 커서 꼭 서울에 가야 할까? 난 이대로가 좋은데. 그 말은 계속해서 내 마음을 울렸지만, 나조차 확신이 없어 말을 멀리했다. 그럼 물질 말고 내가 잘하는 게 뭐가 있을까? 아무리 생각해 봤지만 좋은 답은 나오지 않았다.
　"야, 내가 잘하는 게 뭐가 있냐?"
　먼저 나는 내 뒤에 있는 명구한테 물었다. 우리 반에서 유일하게 여자애들 중 내 성격이 남자애 같아서 좋다고 했던 명구는 음, 을 길게 빼더니 이렇게 말했다.
　"니는 머스마 같아서 남 때리는 건 잘한다."
　"이게 뭔 말이야?"
　내가 황당한 얼굴로 눈을 굴리자 명구는 나를 보고 이거라는 듯, 박수를 쳤다.

"보통 가시나들은 약 올리면 꼬집는데, 니는 주먹부터 들어온다 아이가."

어휴, 내가 말을 말아야지. 나는 주먹이 올라가려는 걸 참고 씩 웃었다. 근데 웃는답시고 한쪽 입꼬리만 '올리니 누가 보면 내가 명구를 비웃는 것처럼 보였을 것이다.

"지 잘하는 게 뭐냐고 해서 물어봤더니 표정이 무슨 썩은 동태같노."

"니, 함 죽어 볼래?"

결국 나는 명구에게 응징을 했다. 아, 이게 아닌데. 내가 잘하는 게 이런 응징 말고 또 있을 텐데. 나는 계속 머리를 굴렸지만 결국 시원한 답은 나오지 않았다. 그런데 우리 아빠는 나보고 물질하는 것보다 공부하는 게 더 좋다고 했는데…… 난 뭘 해야 하지.

문득 나는 선생님이 떠올랐다. 항상 모르는 게 있으면 언제든지 교무실에 찾아오라고 했던 우리 반 담임 선생님. 선생님이라면 뭔가 알고 있지 않을까? 나는 고개를 숙이다 퍼뜩 일어나 교실을 나갔다. 나보고 왜 이렇게 울상이냐고 괜찮냐고 묻는 명구의 말도 멀리한 채, 달리기하듯이 뒤도 돌아보지 않고 나갔다.

교무실에 도착한 나는 먼저 예의상 문을 두드리는 것조차 잊고 바로 문을 열었다. 책상에 멍하니 있었던 선생님은 퍼뜩 놀라 나를 보았고, 나는 선생님이 말을 꺼내기도 전에 다짜고짜 의자에 앉았다. 잊고 바로 문을 열었다. 문 앞에 우리 반 선생님 자리였는데 선생님은 가만히 있다 퍼뜩 놀라 나를 보았다. 어, 무슨 일 있니? 라고 묻는 선생님은 당황한 얼굴이었고, 나는 다짜고짜 선생님 앞에 있는 의자에 앉았다.

"쌔앰. 지금 상담 가능해요?"

"무, 물론이지. 그나저나 씩씩한 우리 연우가 무슨 고민이 있어서 왔을까?"

나는 평소에 선생님에게 이렇게 당당하게 상담을 신청해 본 적이 없었기에 선생님은 깜짝 놀란 것 같았다. 나는 선생님의 눈을 빤히 보았다. 궁금함이 가득한 선생님의 눈은 마치 살아 있는 것 같았다.

"저요, 제가 되고 싶은 게 있는데 선생님, 진지하게 들어주세요. 저 심각해요."

숨도 고르지 않고 나는 어제 있었던 일을 그대로 말했다. 과연 나는 서울에 가야 할까. 내가 그물을 잡고 싶다고 말하니 선생님은 계속 고개를 끄덕였다.

"그래, 그래. 그럼 그물을 잡으면 되잖니."

"근데 엄마랑 아빠는 제가 공부했으면 좋겠대요. 그런데 저는 그물이 더 좋거든요."

"그럼, 엄마 아빠는 왜 연우에게 그물 잡는 것보다 공부하면 좋겠다고 한 걸까?"

나는 선생님의 눈을 약간 피했다. 내가 공부를 싫어한다는 걸 선생님 앞에서 말하기에는, 꽤나 큰 용기가 필요했다.

"공부하면 훌륭한 사람이 되니까……."

끝으로 갈수록 나는 말을 흐렸다. 알고 있지만 공부가 너무 하기 싫은 걸 어떡해. 덩달아 고개도 같이 숙여졌다. 마치 죄인인 것처럼. 그리고 보니 어딘가에서 이런 글을 본 적이 있었다. 학생의 본분은 공부랬는데, 나는 공부를 못하니 죄인이라고 해도 할 말이 없다고. 부끄러웠지만 공부하긴 죽어도 싫었다.

다음으로 이어질 선생님의 말은 의외로 뜻밖이었다.

"그렇긴 하지. 그런데 연우야, 공부가 늘 정답은 아니야. 연우만 해도 학교 끝나고 항상 아빠 일 도우러 배 타고 나가잖아? 그런 면에서 연우는 다른 아이들보다 좋은 공부를 하고 있어. 바다에 대한 공부. 선생님은 그것도 꽤 멋지다고 생각해."

그 말 한마디에 갑자기 자신감이 붙었다.

"그, 그렇죠?"

"그럼, 어부도 얼마나 멋진데. 선생님은 해녀도 멋지더라. 연우는 그물도 던질 줄 알고 미역도 딸 줄 안다며? 선생님이나 여기 아이들처럼 한 번도 이 일을 안 해 본 사람들은 몰라. 그 일이 얼마나 힘든지. 그래서 대단한 거야. 자랑스러운 일이지."

"그런데 우리 아빠는 왜 그런 말을 했을까요."

그 말을 하면서 나는 고개를 푹 숙였다. 다른 일을 했으면 좋겠다는 엄마, 아빠. 그리고 내 꿈을 비웃은 꿈속의 선미네. 역시 꿈이긴 했지만 기분은 언짢았다.

"선생님도 옛날에 그랬어. 나는 옛날 연우 나이 때, 부끄럽지만 가수가 되고 싶었어. 노래는 잘 못하고 춤도 잘 못 추지만, 화려하고 멋있었으니까. 그때 선생님네 부모님도 나에게 그러지 말고 공부하라고 엄청 혼냈단다. 그래도 난 하고 싶어서 사실 몇 번 노래도 불러 보고 춤도 춰 보고 그랬거든. 지금 비록 가수가 되진 못했지만, 그때만 해도 기분이 좋았어. 남들이 다 반대해도."

"왜요?"

이해가 안 돼 저절로 되물었다. 누가 내 꿈을 비웃었는데 왜 좋아할까? 선생님은 그때를 생각하는지 눈빛이 여전히 살아 있었다.

"남들이 반대하니까. 왜 반대를 하지? 그 콧대를 꺾어 주겠어. 그런 생각이 드니까 실은 잠을 못 자겠는 거야. 너무 분해서. 그래서 일부러 길 가다 노래하고 춤추고 그랬는데 어느 순간 그게 너무 재밌더라. 그때 나는 노래 부르고 춤추던 일이 좋았던 거야. 그건 남들이 방해해도 내가 하고 싶은 거니까 하는 거지. 그 덕분에 선생님, 사실 음치였는데 그때 꽤 노래 연습을 많이 해서 지금도 노래를 썩 못하진 않아."

선생님은 쑥스러운지 하하 웃으면서 내 머리를 쓰다듬었다. 나는? 나는 어떻게 해야 할까. 나는 어부가 되고 싶은 마음은 변함이 없었다. 그런데 그걸 하지 말고 서울로 가라고 하니까. 그걸 어떻게 해야 하나 했는데 지금은 그 답답한 마음이 조금씩 풀어지는 느낌이 들었다.

"선생님, 그러면 저는 어떻게 해야 해요? 저는 그물 계속 던지고 싶은데, 계속 바닷가에 있고 싶은데 엄마는 서울에 가래요. 엄마만 말고 다른 사람들도 다 저보고 서울에 가래요. 서울이 좋대요. 근데 전 서울 가고 싶지 않아요."

나는 말하다 코를 훌쩍였다. 순간적으로 눈물이 날 뻔한 걸 겨우 참았더니 콧물로 내려간 것 같았다. 콧물은 자꾸 뚝뚝 흘러 휴지로 킁킁 풀었지만, 눈물이 자꾸 나는 건 어쩔 수 없었다. 선생님 책상 앞에 놓여 있는 거울을 보니 내 얼굴은 사과처럼 빨갛게 달아올라 있었다.

"선생님은 연우가 그물을 던지는 모습을 한번 보고 싶어. 그때의 연우 얼굴이 제일 밝을 테니까. 장래희망에도 어부라고 적었지? 선생님도 그래 봤으니 조언을 하자면, 남의 말을 그렇게 신경 쓰지 않아도 돼.

네가 하고 싶은 걸 하면 되는 거야. 이 세상의 모든 꿈은 초라한 게 없어. 직업도. 연우처럼 그물로 고기를 잡는 사람들 덕분에 우리 집 식탁에 생선구이를 먹을 수 있는 거고, 밭에서 열심히 일하는 농부들 덕에 우리가 밥을 먹을 수 있는 거니까. 전혀 기죽지 않아도 돼. 알았지?"

비로소 그 말이, 내가 이제까지 듣고 싶던 말이란 걸 알았다. 어제까지 화나고 불편했던 마음은 어느새 봄눈 녹듯이 다 녹았고, 내가 하고 싶은 걸 방해할 사람들이 없다는 게 그렇게 힘이 되었다. 역시 선생님에게 상담하길 잘했어. 나는 비로소 눈물을 닦고 웃었다.

"거봐, 웃으니 얼마나 보기 좋아? 해결이 됐어?"

"네, 그리고 용기가 생겼어요."

"그거 잘 됐구나. 앞으로는 기죽지 말아야 해. 사람들이 앞으로도 연우에게 그런 말을 할 거야. 그 일로 밥 먹고 살 수 있겠어? 같은 말들을. 그걸 밀쳐 낼 수 있는 용기가 필요해. 그리고 남들이 걱정 안 할 정도로 행복해지면 되고. 그렇지?"

나는 얼른 코를 푼 휴지를 쓰레기통에 넣었다. 마치 어제까지의 내 감정 같았던 휴지는 쓰레기통으로 사라졌고, 내 코도 뻥 뚫린 느낌이 들었다.

"네, 저는 그물을 치는 게 좋아요. 그리고 앞으로도 그물을 치고 싶어요. 저는 꼭 어른이 되면 어부가 될 거예요. 그래서 사람들이 생선 반찬을 편하게 먹을 수 있을 때까지요."

나는 그렇게 말하고 기분이 좋아졌다. 이제까지 묵혔던 감정들을 다 녹여 흘려보낼 정도로 말이다.

유수지

1987년 서울 출생으로 연세대학교 국어국문학과 대학원에 재학 중이다. 2009년 『연인』에 동화를 발표하면서 작품 활동을 시작하였다. 동화집 『할머니와 틀니』가 있으며, '한마루' 동인으로 활동 중이다.

작가의 말

 어느덧 동인지에 참여한 지도 벌써 네 번째입니다. 어찌 보면 적은 숫자 같지만 동인 식구들과 함께해 온 시간을 생각하면 감격스러운 숫자이기도 합니다. '글'이라는 공통 주제로 인생에서 이렇게 좋은 사람들을 만났다는 것이 유난히 행운으로 다가옵니다. 또 꾸준히 제 글을 선보일 수 있다는 점에서 감사한 마음이 큽니다. 다음 동인지에서는 더 나은 글을 선보이기를 희망하며, 올해도 부끄러움과 함께 제 글을 실어 봅니다.

할아버지와 그물

 강과 바다가 만나는 곳은 물속 생물들의 놀이터입니다. 하루에 단 두 번 강으로 들어가는 바닷물인 '밀물'이 생겨 마치 롤러코스터를 타는 기분을 느낄 수 있기 때문입니다. 바다에 사는 새끼 농어 리리는 그중 유독 강과 바다가 만나는 곳을 좋아합니다. 순간 생기는 파도의 소용돌이를 타고 뱅글뱅글 돌다 보면 매우 신이 나기 때문입니다.
 하지만 항상 엄마는 강으로 들어가지 말라고 하십니다.

"강은 무서운 곳이야. 항상 조심해야 해. 밀물을 타고 강으로 들어
가면 안 돼."

리리는 세상에서 궁금한 것이 제일 많은 농어입니다. 엄마가 그렇게
말하니 호기심이 더욱 생길 수밖에 없습니다.

'강에는 대체 뭐가 있길래 엄마가 가지 말라고 하는 거지?'

오늘도 새끼 농어 리리는 새우들과 함께 강과 바다가 만나는 곳에
서 놀고 있었습니다. 새우들은 작은 존재라 언제나 밀물에 휩쓸립니
다. 밀물에 휩쓸릴 때 어린 새우들은 리리와 마찬가지로 그저 즐겁습
니다. 드디어 밀물이 시작되었습니다. 바닷물의 힘이 오늘따라 유난
히 세 리리는 빠져나갈 수가 없었습니다. 그렇게 자기도 모르는 새 리
리는 강으로 들어왔습니다.

"와아아아—"

처음 와 보는 강의 모습에 리리는 이곳저곳을 둘러봅니다. 리리의
눈길을 끈 것은 바로 모래입니다. 바다보다 물의 깊이가 얕아 강의
바닥을 볼 수 있다는 점이 너무 신기했습니다. 흥분한 리리는 밀물에
같이 들어온 새우에게 말을 걸었습니다.

"우와, 이게 말로만 듣던 모래인가 봐."

"응, 이게 바로 강바닥에 깔린 모래야."

또 다른 새우도 한마디 합니다.

"나도 강에 와서 모래를 처음 봤어. 지나가던 고래가 해 준 말로는
바다 바닥에도 모래가 깔려 있대. 우리가 깊은 바다 바닥까지 내려갈
수 없어 모래를 못 봤던 거래."

리리는 강바닥까지 내려가 배로 모래를 쓸어 봤습니다. 모래의 깔깔한 느낌이 따가워 다시 새우들이 있는 곳으로 왔습니다.

"이렇게 얕고 조용한 강을 엄마는 왜 무서운 곳이라고 하셨지?"

"그건 네가 몰라서 그래. 강에는 얼마나 무서운 이야기들이 떠도는데. 특히 잘못했다가는 다시는 바다로 돌아갈 수 없을지도 몰라."

리리는 새우의 말이 무섭기도 했지만, 한편으로는 모험을 떠나는 기분이 들었습니다. 기대감에 가슴이 두근거리기도 합니다.

"무슨 일인데? 궁금해."

옆에서 잠자코 듣던 왕할아버지 새우가 한마디 합니다.

"우리는 작기 때문에 자연의 섭리에 따라 밀물 따라 강에 들어왔다가 썰물 따라 바다로 돌아가지만, 리리 너는 강 하류에만 오지 않는다면 괜찮을 텐데 왜 여기 와서 노니?"

"왕할아버지, 자연의 섭리가 뭐예요?"

"어린 너에게는 너무 어려운 말이지. 크면 다 알게 된단다."

다른 어른 새우 역시 한마디 하십니다.

"여기 있다간 무서운 일을 당할 수도 있어. 잘못해서 그물에 들어가면 다시는 가족에게 돌아갈 수 없다고."

리리의 귀에 낯선 단어가 들립니다.

"그물이요? 그물이 뭐예요?"

"그물은 말이지 사람들이 우리 같은 물고기를 잡기 위해 설치한 도구란다."

"어떻게 생겼는데요?"

"여러 개의 줄이 서로 교차하며 이어져 있지. 마름모 모양의 구멍들이 모여 하나의 큰 망을 만들었다고 생각하면 된단다. 구멍 크기가 촘촘해 한 번 잡히면 빠져나오기가 여간 힘든 게 아니야."

어린 새우가 한마디 끼어듭니다.

"그물에 걸리면 무조건 틈새 사이로 빠져나가야 해. 제 말이 맞죠, 왕할아버지?"

"맞아, 잘 배웠구나. 그물에서 빠져나가지 못하면 영영 물로는 못 돌아온단다."

"네, 조심할게요."

리리는 물에 다시는 못 돌아온다는 말에 그만 겁이 나 그물은 피해야겠다고 다짐했습니다.

'마름모 모양들이 모인 줄은 피해서 헤엄쳐야지.'

강에서 새우들과 이리저리 돌아다니던 리리는 더 이상 앞으로 헤엄칠 수가 없었습니다.

'이게 어찌 된 일이지?'

주변에 새우들도 소란스러워졌습니다.

"어떡하지? 왜 더 이상 앞으로 헤엄칠 수가 없는 거지?"

"이게 왕할아버지가 말하던 그물인가 봐."

"그렇다면 왔던 길을 돌아 나가자!"

새우들과 리리가 그물을 탈출하기 위해 작전을 짜고 있던 그때, 그물 주인인 어부 할아버지는 흐뭇한 미소를 짓고 있었습니다. 할아버지는 강 하류와 바다가 만나는 포구에서 경력이 제일 오래된 어부였습니다.

"혼자 나온 보람이 있구먼!"

물살이 세서 다른 어부들은 고기잡이를 오늘 하루 쉬기로 했습니다. 하지만 할아버지는 그럴 수 없었습니다. 힘이 약해져 하루에 고기를 잡는 양이 다른 어부들보다 훨씬 적습니다. 그러니 하루도 쉬지 않고 꾸준히 잡을 수밖에 없습니다. 게다가 할아버지에게는 하나뿐인 다섯 살 배기 손자 영후가 있었습니다. 아들 내외는 돈을 벌어야 한다며 할아버지에게 갓난 아이였던 영후를 맡기고 갔습니다. 벌써 오 년째 할아버지는 애지중지 하나뿐인 손자와 단둘이 살아가고 있습니다.

어부 할아버지는 소중한 손자에게 맛있는 간식이라도 사 주기 위해 오늘도 어김없이 강으로 나왔습니다.

"물살이 잠잠해지거든 강에서 그물을 건져야지. 물살이 셀 때는 아무래도 힘이 부치니 어쩔 수 없지."

어부 할아버지는 얼른 그물 입구를 닫았습니다. 순식간에 새우들과 리리는 그물에 갇힌 채 오도 가도 못 하게 되었습니다. 그럼에도 빠져나가려고 노력했지만 구멍은 너무 작아 이들이 탈출하기에는 부족했습니다. 이내 곧 지쳐 모두 가만히 그물 안에 있게 되었습니다.

어느덧 달님이 물 아래를 비추는 밤이 되었습니다. 새우들은 잠에 들었지만 리리는 이상하게 잠이 오지 않았습니다. 리리는 그물 안을 돌아다니다 혼자만 색이 다른 그물 줄을 발견했습니다. 그곳으로 다가가 지느러미로 줄을 흔들어 보았습니다.

그 순간 그물 줄이 물속에 들어온 달빛에 어떤 영상을 틀어 줬습니다. 그건 바로 어부 할아버지의 과거였습니다.

　지금으로부터 2년 전, 그날은 비가 몹시 세차게 내리던 날이었습니다. 어부 할아버지는 다른 어부들이 말리는데도 강으로 나왔습니다. 강이라고 해서 얕보면 큰코다칩니다. 특히 바다와 만나는 강 하류에는 파도가 칠 때도 있어 위험할 때가 종종 있습니다. 물은 언제나 무서움을 숨기고 있는 곳입니다. 잘못하여 강에서 목숨을 잃거나 크게 다치는 어부가 해마다 한 명씩은 꼭 있었으니 다른 어부들이 할아버지를 말리는 것도 당연했습니다. 하지만 할아버지는 가족을 먹여 살리기 위해 하루라도 쉴 수 없었습니다.
　매일 강으로 나가는 건 할아버지의 신념이었습니다.
　'오늘도 무사히 돌아가기를 바라야지.'
　할아버지는 속으로 수천 번 다짐했습니다. 그러나 사고는 순식간에 일어났습니다. 비바람에 배가 기운 것입니다. 할아버지는 순식간에 강에 빠졌고, 물살에 휩쓸려 떠내려갔습니다.
　'이대로 꼼짝없이 죽는구나.'
　'내가 죽으면 우리 영후는 누가 돌봐주지?'
　수천 가지 아니 수만 가지 생각이 할아버지의 머릿속을 지나갔습니다. 정신없는 와중에 할아버지 손끝에 무언가가 걸렸습니다.
　'뭐지?'
　할아버지가 죽을 힘을 다해 붙잡은 것은 바로 그물이었습니다. 할아버지는 그물을 힘겹게 잡아당기며 간신히 배로 돌아올 수 있었습니다. 그 와중에 몇몇 그물 줄은 할아버지의 무게를 이기지 못하고 끊기기도 했습니다.

'십년감수했네.'

그 길로 포구로 돌아온 할아버지는 찢긴 그물 줄을 잇는 작업을 했습니다.

'그물 덕분에 살았네. 역시 그물이 보배야.'

그렇습니다. 리리가 지느러미로 흔들었던 그물 줄은 사고 이후 할아버지가 새로 이은 그물 줄이었습니다. 또 다른 빛을 내는 그물 줄로 리리는 홀린 듯이 다가갔습니다. 그물 줄을 흔들자 또 다른 영상이 강 속에 펼쳐졌습니다.

지금으로부터 30년 전, 어부 할아버지의 젊은 시절입니다. 지금의 그물을 할아버지 배에 처음 설치하던 날입니다. 새그물과 함께 고기잡이에 나선 첫날, 그날을 할아버지는 잊지 못합니다. 어부 인생에서 가장 고기를 많이 잡은 날이기 때문입니다.

강 포구에서 아내가 기뻐하며 맞이하던 모습도 보입니다.

"여보, 이게 얼마 만이에요! 우리 더욱 열심히 일해서 아이 잘 키워요."

그렇게 서로 의지하며 살아왔던 아내는 병으로 할아버지를 떠난 지오래고, 아들도 돈을 번다고 도시로 떠난 뒤 할아버지는 오래도록 혼자였습니다. 그래도 할아버지는 강을 떠나지 않고 지금까지 묵묵히 어부를 하셨던 것입니다.

그때부터 지금의 그물은 할아버지의 보물이었습니다. 사람들이 낡아서 바꾸라고 할 때도 할아버지는 그물을 고쳐 가며 절대 버리지 않고 함께하고 있습니다.

리리는 어렴풋이 알 것 같았습니다. 그물 안에는 할아버지의 어부 인생이 녹아 있었습니다. 비록 자신은 그물에 잡혀 바다로 돌아갈 수 없게 되었지만, 그물 탓만 할 수는 없겠단 기분이 들었습니다.

어느덧 해가 뜨려는지 강 저편에서 붉은 기운이 비추기 시작했습니다. 그와 동시에 그물이 물 밖으로 건져졌습니다. 어부 할아버지가 물살이 약한 틈을 타 그물을 건지기 시작한 것입니다. 그 틈을 타 몸집이 작은 어린 새우들은 그물 바깥으로 빠져나가 강으로 돌아갔습니다.

리리는 난생처음 보는 물 밖 세상에 두 눈이 휘둥그레져, 어린 새우들이 무사히 도망간 것도 눈치채지 못했습니다.

물 밖에서 보는 하늘은 바닷속에서 보던 것보다 훨씬 맑고 깨끗했습니다. 저 멀리 강 너머에는 초록 물결이 가득했습니다.

'저게 바로 갈매기들이 들려주던 산인가 보다.'

한참 바깥세상 구경에 들뜬 그때, 리리는 배 안으로 몸이 떨어지는 것을 느꼈습니다. 그물에 같이 잡혔던 새우들도 배 안에 쏟아졌습니다.

어부 할아버지가 리리에게 다가왔습니다.

"어이구, 귀한 물고기가 그물에 잡혔네."

할아버지는 리리를 들어올려 이리저리 살펴보았습니다.

"아무래도 새끼 농어인 거 같으니 강으로 돌려보내야겠어."

어부들끼리는 어린 물고기는 놓아 주어야 한다는 규칙이 있습니다. 그래야 자연을 크게 해치지 않으면서 사람이 취할 것들을 취할 수 있기 때문입니다. 어부 할아버지 역시 리리가 어리기에 놓아 주려고 합니다.

리리는 어부 할아버지가 자기만 잡아 올리자 당황하여 새우들에게 소리쳤습니다.

"왕할아버지, 왜 저만 이런 거예요?"

"리리야 당황하지 말렴. 너는 어린 물고기라 바다로 돌려보내려고 그러는 거야."

"할아버지랑 다른 분들은요?"

"우리는 이렇게 잡혔으니, 어디론가 팔려 가겠지. 이건 다 자연의 섭리란다."

어부 할아버지는 리리를 힘차게 강으로 던졌습니다.

"리리야, 이게 우리의 운명이야!"

강으로 던져지는 등 뒤로 왕할아버지 새우의 외침이 들렸습니다.

바다로 빠져나가는 물인 썰물을 타고 돌아가면서 리리는 생각했습니다.

'그럼, 그물은 어부 할아버지의 운명인가?'

너무 어려운 말들이라 리리는 스스로도 무슨 생각을 하는지 모를 지경이었습니다. 하루뿐이었지만 그리운 엄마 품으로 얼른 돌아가야겠다고 생각하며, 리리는 힘차게 헤엄쳤습니다. 그런 리리를 썰물이 포근히 데려다 주었습니다.

정은혜

부천 출생으로 2012년 『문예사조』에 동화를 발표하면서 작품 활동을 시작하였다. 서울디지털문예대학교 문예창작학과를 졸업했으며, '한마루' 동인으로 활동 중이다.

세상의 어린이들에게 꿈을 주는 사람으로 살고 싶습니다. 저 또한 꿈을 꾸는 사람이고 싶습니다. 동화는 저의 꿈 밭입니다. 열심히 밭을 일구는 농부처럼 꿈을 가꾸며 살겠습니다. 그리고 더욱더 정진하겠습니다.

바다의 웅덩이

내 이름은 금능 해수욕장입니다.

우리나라 남쪽 제주도에 있어요. 사람들은 여름에 가장 많이 나를 찾아와요. 동그란 튜브를 몸에 끼운 아이들. 잠수하는 어른들. 가만히 발을 담그며 걷는 사람들도 있고요. 멀리서 나를 바라보기만 하는 사람들도 있어요.

나는 다양한 사람들을 구경하는 게 무척 재미있고 좋아요. 저마다 다른 얼굴을 하고 나를 찾아오거든요. 즐거운 웃음소리도, 조심하라며 목청을 높이는 소리도 전부 내게는 좋은 이야깃거리랍니다. 여름이 아니면 많은 날들을 외롭게 보내기 때문에 지금이 더없이 소중하기도 하지요.

"앗! 간지러워요! 해님!"

해님이 쏟아져 내려 내 몸 위로 반짝반짝 간지럼을 태웠습니다.

"오늘은 무척 기분이 좋아 보이는구나."

"바람도 잔잔하고, 구름도 퐁퐁 떠다니는 걸요! 게다가 이렇게나 많은 사람들이 저를 찾아와 줬는데 기분이 좋지 않을 리가요!"

"사람들 때문에 피곤하진 않니?"

"혼자 있는 것보다 훨씬 좋아요."

해님은 내 말을 들으며 다시 한 번 햇살로 간질간질 장난을 쳤습니다. 나는 참을 수가 없어서 철썩철썩 몸을 흔들었습니다.

"파도다!!!"

꺄르르 웃음을 터트리는 어린아이들의 목소리가 들려옵니다. 넘실대는 파도에 개구지게 도망쳤다가도 내가 몸을 빼내면 쪼르르 다시 달려와 내 품에 풍덩 안깁니다. 오늘은 정말 즐거운 일들만 가득할 것 같습니다.

"으아앗!"

풍덩! 물에 빠지는 소리와 함께 이번엔 위험한 외침도 같이 들려옵니다! 나는 황급히 소리가 들린 쪽으로 몸을 옮겼습니다. 예쁜 분홍색 슬리퍼였습니다.

"이진솔! 그러니까 엄마가 장난치지 말라고 했지!"

"으아앙, 내 슬리퍼어!"

"네가 잘못해 놓고 뭘!"

아무래도 저 위에서 아래를 내려다보는 사람들 중 진솔이라는 아이가 바다에 슬리퍼를 떨어트린 것 같습니다. 모래사장 근처였다면 출렁출렁, 파도를 일으켜 그 앞까지 가져다 줬을 것입니다. 하지만 슬리퍼가 떨어진 곳은 모래사장과는 멀리 떨어져 있는 곳이었습니다. 내가 더 멀리 가지 못하도록 사람들이 쌓아 놓은 높은 담도 있어서 아래로 직접 가지러 내려오기가 쉽지도 않았지요. 나는 진솔이의 가족들이 어떻게 분홍색 슬리퍼를 구해 줄 수 있을지 지켜보기로 했습니다.

"어? 가 버리잖아?"

"당연하지!"

나도 모르게 터진 혼잣말을 슬리퍼가 들은 것인지, 퉁명스런 목소리가 들려왔습니다.

"도대체 왜 그런 장난을 한 건지…… 내가 얼마나 멀리 날아가는지 보겠다고 뻥뻥 차더니 이렇게 바다에 빠트려 버리다니."

"왜 아래로 내려오지 않은 걸까?"

"아래로 내려오기엔 너무 위험하잖아. 이쪽은 모래사장에서도 너무 멀고, 물도 깊어! 아래로 내려오는 길도 없는데 어떻게 바다에 뛰어들라는 거야? 넌 네가 얼마나 무서운 존재인지도 모르는 거니?"

슬리퍼의 말에 나는 조심스럽게 파도를 출렁거렸습니다. 사람들은 나를 좋아해 주지만 슬리퍼의 말대로 위험하기도 합니다. 내 품속에서 사는 물고기들이나 식물들처럼 사람들은 내 안에서 숨을 쉴 수가 없기 때문입니다.

"내가 저럴 줄 알았지. 개구쟁이 같으니라고……."

슬리퍼는 씩씩대며 말했습니다. 나는 화가 난 슬리퍼를 위로하고 싶어서 조심스럽게 말을 꺼냈습니다.

"혼자가 되어 버렸구나."

슬리퍼는 깜짝 놀란 얼굴을 했습니다.

"그게 뭐 어때서?"

"신발은 원래 둘이잖아. 이제 혼자가 됐으니 외로울지도 모르겠다는 생각이 들었어."

"전혀 아니거든?"

슬리퍼는 그렇게 말하고 있었지만 짜디짠 바닷물로 흠뻑 젖은 슬리퍼를 가만히 바라보고 있는 건 왠지 슬프게 느껴졌습니다. 슬리퍼를 더 다독일 말을 찾았지만 잘 생각이 나지 않았습니다.

"하아…… 지금은 누구와도 얘기하고 싶지 않아."

"그러니?"

"어, 난 혼자 있고 싶어."

나는 슬리퍼를 더 귀찮게 하면 안 될 것 같아서 조용히 물러났습니다. 아까와 다르게 기분은 조금 울적했습니다. 힘이 되어 주지 못하는 게 아쉬웠기 때문이었습니다.

출렁출렁 물결을 흔드는데 또다시 누군가가 소리를 지르는 소리가 들렸습니다. 슬리퍼 다음으로 빠진 것은 누군가의 이름과 전화번호가 적힌 목걸이였습니다. 예쁜 하트 모양의 목걸이는 호들갑을 떨며 슬퍼했습니다.

"어쩌지? 내가 없으면 건우가 엄마 아빠를 잃어버렸을 때 다른 사람이 전화해서 찾아 줄 수가 없어!"

아무래도 목걸이 주인의 이름은 건우이고 적힌 전화번호는 아이의 부모님의 것인 듯했습니다.

"건우에게 다시 돌아가야 하는데. 금능! 네가 날 좀 도와줘! 파도로 다시 모래사장 쪽으로 날 데려가 줘!"

"그, 그렇게 하고 싶은데……."

내가 파도를 만들어 낼수록 작은 목걸이는 점점 더 모래 속에 파묻 혔습니다.

"건우야! 너무 깊이 들어가지 말고!"

이름이 들린 쪽으로 고개를 돌렸습니다. 건우는 목걸이를 잃어버린 줄도 모르고 신나게 놀고만 있었습니다. 나는 이번에도 아무런 도움 이 되지 못해 정말 속이 상했습니다.

그다음에도 휴대폰, 먹다 남은 음료수 병, 안경 같은 것들이 바다에 빠졌지만 나는 그 친구들을 다시 원래 있던 자리로 돌려주지 못했습 니다. 위로도 제대로 해 주지 못했고요. 스스로가 너무나도 한심하게 느껴졌습니다.

축 처져 기운이 빠져 버리자 몸을 뒤척이는 파도의 힘도 아까보다 훨씬 더 약해졌습니다. 잔잔하게 들이치는 물결을 뒤로하고서 사람 들은 저마다 숙소로 돌아갔습니다. 바다에 남아 있는 슬리퍼나 목걸 이, 핸드폰 따위는 신경도 쓰지 않았지요.

"금능아, 이제 가야 해. 썰물의 시간이야."

아직 고개를 내밀지 않은 달님이 하는 소리를 들었습니다. 앞으로 몸을 들이밀어 파도를 만들었어도 달이 뒤에서 잡아당기는 힘에는 이 길 수가 없었습니다. 내가 뒤로 물러날수록 하얀 모래사장은 더 많이 생겨납니다. 내가 땅과 멀어지면서 빠져나가자 나를 따라서 사람들 은 안쪽으로 더 깊이 들어왔습니다. 마치 아이들이 우리 집에 왜 왔니

놀이를 하는 것 같았습니다. 조금 달랐던 것은 나는 아이들이 온 것만큼 앞으로 나아가지 못하고 점점 더 뒤로 끌려가고 있다는 것이었습니다.

"금능아, 무슨 일이니? 시간이 별로 없어. 빨리 가야 해."

"먼 바다로 가고 싶지가 않아요."

내가 평소보다 천천히 뒤로 빠져나가자 달님은 그게 이상하게 느껴졌나 봅니다.

"왜? 사람들 때문에 피로하고 힘들잖니."

달이 나를 부르며 하늘 위로 떠오를수록 해님은 천천히 잠겨 가고 있었습니다.

"그치만 여기 바다에 혼자 남은 친구들이 있잖아요. 저는 그 애들이랑 같이 있어 주고 싶어요. 사람들은 아무도 자기가 떨어트린 것들을 찾아 데려 가지 않았어요."

내 말에 달님은 답답하다는 목소리로 말했습니다.

"여기서 벌어지는 일이 전부는 아니야. 넓고 깊은 바다에 나가면 더 많은 것들을 볼 수 있단다. 궁금하지 않니? 바다를 한 바퀴 돌고 오면 생각도 마음도 그만큼 더 자라나서 나중에 또 이런 일이 생겼을 때는 더 잘 위로해 줄 수도 있잖니."

"그래도…… 나는 여기에 있고 싶어요."

달님의 말대로 더 많은 것들을 보고 오면 지금보다 마음이 자라 날 수도 있습니다. 하지만 돌아왔을 즈음엔 다시 오늘 만난 친구들을 만나지 못할지도 모릅니다. 나는 지금 혼자가 되어 버린 친구들을 외롭게 두고 싶지 않았습니다.

"여기에 있고 싶다고 해서 있을 수는 없어."

"알아요. 그럼, 제 일부만 여기에 남길게요."

나는 모래사장이 드러난 자리에 바닷물의 일부를 남겼습니다. 커다란 웅덩이가 생겨 작은 꼬마들이 뛰어 들어왔습니다. 그 안에 발을 디뎌도 무릎까지 밖에 물이 차지 않을 정도로 얕은 웅덩이였습니다.

"너는 스스로 그물에 갇히려고 하는구나."

나는 아무런 대답도 하지 않았습니다. 달님도 내게 더 질문하지 않았습니다. 내가 남긴 바다의 웅덩이는 파도 없이 잔잔했습니다. 내 안에서 슬리퍼와 목걸이, 휴대폰……. 오늘 혼자가 된 친구들이 천천히 눈을 감았습니다. 나는 친구들이 편히 잠들 수 있도록 꼬옥 끌어안아 주었습니다.